I0521212

LA YA LEIDA
HISTORIA

LIGIA TARAZONA SAA

LA YA LEIDA HISTORIA

Esta Edición: 2.500 ejemplares
Primera Edición Enero del 2010
Derechos exclusivos de la Autora
Registro de Protocolización: 9 de Noviembre del 2009
Certificado de Registro: IEPI el 10 de Noviembre del 2009
ISBN −978-9942-02-699-6.
Diseño: José Dávila. (Puerto Rico)
          Jaime R. Olivares Cabanilla. (Ecuador)
Guayaquil - Ecuador

Otras Obras de la Autora

Umbral de la Muerte Uno (Manual de auto - ayuda)
Umbral de la Muerte Dos (Manual de Auto - ayuda)
Amuletos (Folleto)
Liberación de los Chakras y el Poder de los Amuletos
(Folletos N° Uno y Dos)

Impreso

PRÓLOGO

Casi todos nos preguntamos si será verdad que en el momento en que somos engendrados y en el momento de nuestro nacimiento ya traemos un libro de vida escrita por el destino, realmente nos gustaría saber si es un juez o algunos, sabemos que somos un positivo y un negativo, que somos gestados por nueve meses, que nacemos desnudos y llorando, que tenemos un padre y una madre, que nuestra mente se empieza a programar desde el claustro materno, algunos aseguran que antes de tomar la primera respiración fuera del claustro materno lo sabemos todo de dónde venimos, pero que al inhalar y exhalar fuera del claustro materno automáticamente lo que sabíamos se archiva en el inconsciente que es la parte oscura de la mente y que de vez en cuando nos viene un confuso recuerdo que lo asociamos a sueños o estados anímicos, más no somos pocos los que tenemos la sensación de conocer lugares y personas aún cuando jamás hayamos estado en ese lugar o no tenemos forma alguna de haber conocido a alguien que se nos hace tan familiar.

¿Será verdad que existen mundos paralelos?, ¿otras dimensiones?, ¿existirán nuestras almas gemelas, un masculino o femenino que se quedó allá mientras nosotros hacemos nuestro recorrido de vida en la mortal materia?

¿Por qué miramos con esperanza el estrellado firmamento y nos fascina mirar el mar como si este tuviera respuestas a nuestras inquietantes preguntas?

No son pocos los que aseguran que el destino es el responsable de cada cosa buena o mala que nos sucede, puesto que es el dueño de nuestra historia, muchos se desalientan pensando y diciendo que entonces no tiene caso luchar contra lo adverso de la vida, si luchando o no igual nos sucederá, pero si no fuese solo un juez del destino, si fuesen algunos y estuvieran divididos a favor y en contra, eso significaría que uno o los que estén a nuestro favor intentarían ayudarnos, permitiendo que seamos nosotros los que escribimos nuestro libro de vida, nuestra propia historia, corrigiendo lo malo que los jueces que están en nuestra contra hayan escrito, ¿no serán nuestros temores internos que permiten nuestros sufrimientos, fracasos, etc.?

Cuando lea esta novela usted logrará descifrar si lo que sucede en el transcurso de **LA YA LEIDA HISTORIA,** podríamos aplicarlo en nuestras vidas o si simplemente es una fantasía que todos quisiéramos vivir, más si aceptamos que no solo somos materia y aspiramos después de nuestra muerte física, ir a un maravilloso lugar donde todo es felicidad y belleza, por qué no podemos darnos el beneficio de la duda y pensar que así como al personaje principal de esta novela, también nosotros podríamos tener acceso de alguna forma para leer nuestra ya escrita historia.

¿Logrará el personaje cambiarla?, para tener la respuesta tendrá que leerla cuidadosamente, caso contrario la ya leída historia lo perderá en su ya leída historia, realmente espero que la disfruten y no se pierda en ella pues podría ser la suya.

LA YA LEIDA HISTORIA

Tobías el joven alto, delgado, de noble corazón y elevado pensamiento, se paró frente a la ventana con el dolor a flor de piel, no quería recibir más pésames por la muerte de su madre, por lo cual decidió quedarse a obscuras para poder estar solo con su yo interior.

Levantó los ojos al cielo y pensó: Los seres humanos no somos más que pequeños muñequitos que pendemos de hilos, hilos que se enredan haciéndonos sentir impotentes en manos del destino, que es nuestro titiritero, ahora su madre era libre, pues se habían roto los hilos y la figurita de polvo ya no tendría que sufrir más los grotescos juegos del señor destino, que bien cruel había sido con ella; ahora se había convertido en polvo de estrellas.

¿Pero qué pasaría con él y el resto de marionetas que aún están en manos del señor destino?

¿A cuántos elegirá para la gran actuación en el bello salón de la señora vida?

De lo que si estaba seguro era que ya no había lugar para tanto títere de hilos enredados, de hilos complicados que ningún titiritero quería manejar, por lo cual los dejan suspendidos en cualquier lugar o simplemente los lanzan sin piedad alguna dentro del inmenso baúl de los olvidados, de los ignorados, de los que no hacen ni reír, ni llorar; entonces se hizo esta reflexión: ¡Oh mi Dios! Si realmente eres solo AMOR Y PAZ, ¿por qué no le ordenas al señor destino que no enrede los hilos que tú mismo nos pones desde el claustro materno? y si solo somos títeres, ¿por qué no nos permites al menos escoger a un magistral titiritero que nos guíe?, para hacer con la vida que nos das un acto grandioso, que haga refulgir las estrellas en toda su intensidad, que el sol y la luna bailen, rían, canten y se convierta todo en una hermosa fiesta, donde títeres y titiriteros sientan el amor de Dios.

Tobías no había dormido en toda la noche tratando en vano de entender, ¿por qué su pobre madre nunca pudo ser feliz?, ella se había refugiado en las creencias de diferentes religiones, tratando de alcanzar la tan anhelada paz, pero todo lo que había logrado era fanatizarse, por lo cual se sentía culpable hasta de haber nacido; los hermanos de religión de su madre habían tratado por todos los medios de que él se les uniera.

El teléfono no dejaba de sonar, él de mala gana respondió:
– ¿Haló?

Al otro extremo un hombre con voz autoritaria dijo:
– Tobías, espero que ahora que tu madre a muerto vengas al templo a ocupar su lugar, esta noche es la reunión anual y vendrán hermanos de todas partes, así que no faltes; si no es por voluntad al menos hazlo en memoria de tu madre.

– De acuerdo iré.

– Sabía que no te negarías, siempre fuiste buen hijo, el Señor abrirá tu mente y al fin entrarás al rebaño de los escogidos, espero que des un buen testimonio.

– Haré lo que pueda – Respondió Tobías.

Llegada la noche tomó la decisión de no ir, a él no le gustaba que se le impusieran, como tampoco le agradaba imponerse, se quedo dormido, pero a su casa llegó un grupo de hombres y mujeres quienes en forma insistente y persistente lo obligaron a ir con ellos al templo.

Tobías tomó asiento y se limitó a escuchar, los predicadores se acercaron uno a uno increpándole por negarse a dar el testimonio.

Tobías notablemente molesto dijo: – De acuerdo subiré y diré lo que pienso.

Subió y dijo. – Me han pedido en forma reitera que de mi opinión sobre lo profundo de la fe, más lo único que puedo decir es que fe significa: Confianza, buen concepto que se tiene de una persona o cosa, como también sé que es la primera o una de las primeras virtudes teologales, pero los pobres seres humanos como yo siempre nos preguntamos: ¿Quién soy?.

El entrecejo de los Teólogos se frunció, movieron sus cabezas desaprobando la última observación de Tobías.

Más él continuó diciendo: – Los que se consideran sabios nos responden: Sois la imagen y semejanza de Dios. Pero nosotros pobres seres humanos continuamos preguntándonos:

¿Dios es hombre?, ¿mujer? o simplemente no tiene sexo, ¿es negro?, ¿amarillo?, o no tiene color, ¿será cómo lo describen los sabios?, pues la mayoría de ellos nos afirman que es más blanco que la nieve y cuya cabellera rubia opaca los rayos del sol, sus ojos de un azul profundo que destruye a todo aquel que lo ose mirar, nos aseguran que no podemos compararlo con ningún ser humano; menos con cualquier cosa existente. La teoría de los sabios ha dado paso al racismo, pues todo ser que no sea blanco, de ojos claros y cabello rubio es considerado inferior, aún cuando hipócritamente se afirma que todos somos iguales ante los ojos de Dios.

Se afirma que Dios es amor, más amar es un verbo y los seres humanos sólo sabemos conjugarlo de la siguiente forma: Mis padres, mi mujer o mi hombre, mis hijos, mis plantas, mis animales, mis cosas, esto nos da un total de un yo, de un mío, míos, por consecuencia sólo amo lo que me pertenece; el resto lo utilizo para mi beneficio.

Todos estamos enfermos de egoísmo y si agregamos a esto el ansia de poder, somos monstruosos, pues no nos importa a quien hagamos sufrir, o que tengamos que destruir para alcanzar lo que anhelamos, esto da paso a la ley del más fuerte. El egoísmo no tiene parámetros, el ser humano so pretexto de poseer inteligencia superior, psique o alma se siente superior a cualquier otro ser viviente, más la única verdad es que al ir creciendo perdemos la inocencia y nos convertimos en seres grotescamente prepotentes, conflictivos, somos los más crueles depredadores, violentando a la madre naturaleza sin piedad alguna, guerreamos sin darnos cuartel, simplemente porque amamos la violencia, tomamos el nombre de Dios para dominar al más débil e ignorante, pues se le hace creer que Dios es amor pero al mismo tiempo se les dice que es inflexible, cruel e intolerante, que solo ama a quien hace su voluntad aún cuando esta signifique quedarse sumergido en la miseria, la angustia y la desesperanza. Los potentados aseguran ser los portadores de la voz de Dios, predican pero no lo aplican.

Uno de los Teólogos se le acerco y discretamente le dijo:
– Está usted permitiendo que Satanás hable por su boca, será mejor que se retire.

Tobías lo miró fijamente al tiempo que respondió: – Perdón, se que los temas de religión y política nos conducen al apasionamiento por lo cual sin que nos lo propongamos podemos ofender más, yo solo sé que Dios habita en mi conciencia – Se despidió cortésmente, salió, subió a su auto y se fue.

Por primera vez en su vida, no sintió aquella angustiosa necesidad de llegar lo más pronto posible a su casa, para cuidar de la frágil mujer que fue su madre, sentía tristeza pero al mismo tiempo una agradable sensación de libertad; se alejo de la ciudad. Al llegar a la hacienda se extasió mirando los árboles con sus flores, con sus frutos y los nidos donde los pichones descansaban plácidamente esperando que sus padres regresaran trayendo el alimento, no supo en qué momento una piedra surco el aire destruyendo el pequeño nido.

Los muchachos rieron divertidos.

Tobías sintió una profunda indignación, quiso golpearlos, pero pronto comprendió que ellos no tenían ni la más remota idea de la terrible crueldad que acababan de cometer.

Riendo se disputaban el crédito de haber derribado el nido.

Tobías les dijo: – No lo toquen, así los pájaros adultos vendrán y reconstruirán, ojalá los pichones no se hayan lastimado.

Los muchachos se miraron intrigados y burlones.

El más grande se acercó y dijo: – Pero Doc. Si los pichones son bien sabrosos asados.

Tobías hizo acopio de paciencia y les dijo: – ¿Acaso hay tanta hambre en la hacienda para que tengan que buscar su alimento?

– No es eso Doc. Es que nos da mucho chiste, el que en después que agarramos los pichones los papás andan que nos persiguen y en después "soliticos" caen en la trampa, si son bien coloriados se los vendemos a Perico que los vende bien caros en la cuidad.

Tobías suspiró, sería demasiado tonto si intentaba hacer que los dos mozalbetes comprendieran con palabras, la horrible crueldad que cometían contra la naturaleza, sin dejar de mirarlos dijo: – Creo que la única forma de que ustedes puedan comprender lo que sienten esas indefensas criaturas, es hacer con ustedes lo mismo.

Acto seguido los introdujo en el auto, les puso una camisa de fuerza y un adhesivo en la boca, los muchachos se miraron con ojos desmesurados.

El dijo fríamente: – Ahora enviaré a decir a sus padres que unos extraños se llevaron a sus hijos y veremos que hacen ellos.

Bajo del auto, se acercó a un peón que venía cargando un racimo de plátano y tras escuchar al patrón corrió como gamo.

Luego aparecieron los padres, la madre lloraba mientras el padre preguntaba insistentemente al peón pero donde está el "Dotorcito", él "jue" el que vio quien se me llevó a los muchachos.

El peón solo respondía: – Pero si aquí "mesmito" se quedó.

Tobías había ocultado el auto entre los matorrales y preguntó a los muchachos: – ¿Es agradable sentirse atrapados y ver la angustia de sus padres?

Ellos movieron la cabeza en forma negativa.

Salió de entre la maleza llamó a los padres y les dijo: – Aquí están sus hijos.

El capataz y su mujer se acercaron, miraron a sus hijos y preguntaron con marcada rabia: – "Qués", qué pasa pues "Dotor", ¿por qué los tiene "ancina" "pior" que animales?

Tobías los miró y en forma apacible dijo: – Espero que esto les sirva de lección a ellos y a ustedes para que aprendan a respetar a todo ser viviente, ahora saben con certeza la angustia que siente cualquier animalito cuando le roban su cría, ellos han experimentado en carne propia el miedo del animal cazado.

Los mozalbetes y sus padres lo miraron con profundo resentimiento.

Tobías comprendió que la mayoría de seres humanos piensan que solo su vida debe ser respetada.

A Juan el capataz no le hizo ninguna gracia que el patrón decidiera quedarse en forma indefinida en la hacienda, ¿por qué no había escogido la Pandora o la Peregrina que también eran haciendas grandes, pero sobre todo las preferidas por la difunta?, ¿por qué él había tenido que escoger justamente la Libertad donde él se sentía amo y señor?, ahora tenía que informarle al administrador, si solo porque sus hijos habían derribado un mugroso nido, el patrón don Tobías había actuado como un demente castigándolos y avergonzándolos frente a la peonada, ¿qué haría cuando descubriera los negocios que habían entre él y el Reverendo K Popper?, el temor atenazó su mente, sin pensarlo más subió a la camioneta.

Tobías se acerco y preguntó: – ¿Vas a la ciudad?

– Si patrón – Respondió Juan nerviosamente.

– Que bien, aprovecharé para ir a casa y traer cuanto me sea necesario.

Juan sintió un vuelco en el estómago y un aleteo en el pecho, tuvo la sensación de que el patrón sabía o sospechaba algo, guardó unos minutos de silencio y dijo: – Bueno patrón, siendo "ansina" voy a decirle al Gusarapo y a otro de los peones que se vayan con "uste" "paque" lo "alluden" con la cargadera, porque "ahorititica" "mesmo" me acabo de recordar que mañana es día de arreo.

– Estupendo, no me perdería el arreo por nada de este mundo, vamos que yo te ayudo.

Ya Juan tuvo la certeza de que Tobías lo estaba vigilando, por lo que rápidamente respondió: – Patrón no "jaltaba" más que por la "decididera" mía, "uste" que es el dueño de "entuitico" esto se quede sin lo que le es menester, "ansina" que suba y vamos a la "ciuda", "uste" ordene nomás patrón que "pa" eso estamos siempre a órdenes de los patrones, no "jaltaba" más, "esu" sería "comu" que los pájaros quieran matar a las escopetas.

Tobías lo miró y sonriendo dijo: – ¡Ay Juan!, tengo la sensación de que estás muy mortificado por lo que le hice a dos de tus hijos, pero no lo tomes tan a pecho, ellos son muy jóvenes y deben aprender a respetar la vida, todos tenemos esa obligación, dime, ¿te gustaría que algún desconocido le hiciera daño a alguno de los seres que más amas?

– "Pos" no – Respondió Juan de muy mala gana. Apretó las mandíbulas, en su fruncido ceño se detenían las gotas de sudor que bajaban de su cabeza, iba caminando lento por entre los árboles, sin escuchar a Tobías que no dejaba de hablar sobre la grandeza de Dios y la majestuosidad de la naturaleza.

Juan no podía entender que Tobías era un ser que parecía tenerlo todo, pero la realidad era que por primera vez se sentía libre, sus primeros años fueron un verdadero infierno entre el desamor de su padre y la debilidad de su madre, era casi un adolescente cuando se divorciaron sus padres, su madre nunca quiso rehacer su vida, se había aferrado a él y buscaba consuelo entrando y saliendo de diferentes sectas religiosas, hasta que aquella última, había logrado absorberla de tal forma que ya administraban gran parte de su fortuna, sin contar lo que ya les había donado.

Los de la secta estaban seguros que ella había hecho un testamento donde ellos heredarían toda su inmensa fortuna, más la verdad era que la dama había testado todos sus bienes a su hijo y solo si él lo deseaba, la herencia pasaría a la secta, había especificado que todos los administradores debían permanecer a su secta religiosa y eso sí, su hijo no lo podría cambiar.

Ya en la casa Juan se despidió muy serio.

Tobías miró al cielo y dio gracias por la maravillosa sensación de plena libertad que estaba experimentando, caminó por los alrededores, se paró frente a un naranjo, observó los grandes y hermosos frutos, miró hacia el piso y vio las naranjas apiladas pudriéndose junto al árbol, continuó caminando entre los frutales, los frutos caídos estaban condenados a consumirse a sí mismo hasta caer en la putrefacción y como aquellos frutos cuanto desperdicio habría en la gigantesca hacienda.

Le pareció totalmente injusto, pues en la ciudad el hambre era patética, a su mente vino el rostro de los miles de niños de la calle, los ancianos que como fardos inútiles son abandonados por sus familias en la vera del camino, la sociedad los mira con asco o simplemente los ignora, son muy pocos los que se detienen y ven en el niño la semilla ávida de ser cultivada y productiva, como son pocos los que comprenden que el anciano es el árbol de la sabiduría, pues cada arruga es una vivencia, una experiencia buena o mala, pero que puede ayudar en la orientación de cada niño, de cada joven, que si pone en práctica el sabio consejo del anciano, pues le servirá de brújula en el arduo camino de la vida.

Tobías escuchó el continuado canto de los gallos y poco después vio a la peonada cuyo enjambre de abejas aprontándose para el arreo.

Se le acercó un hombre flaco y cabezón cuya estatura no pasaba de un metro cuarenta y cinco, quien mostrando su dispareja y casi negra dentadura dijo: – "Guen" día tenga "uste" patrón, yo soy el tan "mentao" Gusarapo y estoy aquí para acompañarlo en el arreo, llénese bien la barriga que "andespues" todo el tiempo es "pal" "ganao".

Tobías sonrió y lo siguió a la cocina, allí vio a las mujeres muy ajetreadas poniendo sobre los burdos mesones hojas de plátano, para luego colocar sobre ellas tendaladas de yuca, carne, plátano, pescado, queso, tortillas, los porrones los llenaban con café, chocolate o chicha, los peones tomaban sus alimentos con las manos y los ingerían con gran avidez, vaciaban los porrones como si solo contuvieran un sorbo, las mujeres los volvían a llenar.

Cuando despunto la aurora, la peonada entre cantar de coplas, risas y un griterío de arreee, arreiiiii, juuu, yaee, yaei, yaeee, justeee, jal jal jalll, obligando a los caballos a hacer uno y mil arabescos para evitar que la vacada se saliera del camino, el sol se tornaba cada vez más ardiente sobre el ganado y la peonada, tras ellos solo quedaba una estela de grueso polvo.

Tobías estaba empapado en sudor y en su rostro se dibujaba el cansancio.

Juan se le acercó y con sorna preguntó: – ¿Se divierte patrón?

Tobías tomó aire, lo exhaló lentamente y respondió: – Es mejor de lo que imaginé, creo que me he perdido las cosas más maravillosas que tiene la vida, pero de ahora en adelante no dejaré escapar una sola oportunidad para disfrutarlas gota a gota.

Juan se sintió irritado, sin responder fustigó el caballo y se alejó a todo galope.

Gusarapo volvió a mostrar su desagradable dentadura al tiempo que dijo: – Patrón usted no se llenó la barriga y "aseguritico" que ya le chillan las tripas y ha de tener reseco el "guarguero", "empero" no se "ajane" que yo aquí traigo de tragar "pa" mi y "pa" "uste", quiere "jartar" chicha o limonada.

– Cualquier cosa – Respondió Tobías, feliz por el espontáneo ofrecimiento.

Regresaron a la hacienda ya muy entrada la noche, Tobías estaba exhausto.

Florinda era una mujer regordeta, con cara de queso y ojos de búho, se acercó a la vieja Meche quien se encontraba recogiendo su blanca cabellera para luego tejerlo en trenza.

Florinda dio dos vueltas con las manos atrás y tras mirar a la anciana en forma belicosa dijo: – Qué "guena" vida, mientras "tuiticas" andamos revolando en cuadro "pa" que el patrón no se vaya a incomodar, vos aquí "quesque" jugando con las greñas.

La anciana la miró desde su altura y con voz apacible dijo: – Otro gallo nos cantaría a mí y a mis hijos si aún estuviera con vida don Sebastián, ustedes siempre se han aprovechado, pues la niña Josefina nunca se interesó por las haciendas y menos por el bosque que era la vida de su padre, pero ahora que ella se "jue" "pal" cielo, el "guen" espíritu de don Sebastián se metió en el cuerpo del patrón Tobías, él sí que es "igualitico" a su abuelo, lo que pasa es que la niña nunca le dio respiro y "ansolo" "pá" darle gusto "jue" que se hizo "loquero" igual que su padre, pero ni "ancina" la niña logró que se quedara con ellos, vos andas "tuitica" "ardía" "igualitica" que tu marido y tu suegro, "pos" ahora sí que se les dañó el negocio y "pá" siempre con ese gringo "maldecio" que nos quitó todo lo que el "gueno" de don Sebastián nos dejó y "enma" nos trata como si "jueramos" sus esclavos.

La gorda escurrió los cachetes, sus ojos se hicieron puyudos como los de una lora brava, movió de un lado a otro sus delgados labios, se alzo de hombros y replicó: – Vos "callate" que si el Juan te oye te va a arrancar todo ese "greñero" y tu lengua se la va a echar a los perros, porque la "tenès bien larga y "jilosa" "pos" lo que vos no sabes es que la patronita le dejó "tuitica" las propiedades y demás bienes a sus hermanos de religión, "ansina" que el patrón Tobías tendrá que largarse con una mano adelante y "lotra" atrás y ustedes tendrán que seguirlo porque los gringos a vos y "tuitica" tu familia no la "queran", "pos" dicen que son piedra de tropiezo "pá" los que si "cremos" en lo que ellos enseñan; yo se que vos "antuabía" guardas imágenes por más que te han prohibido, "pos" esas son cosas del diablo.

– "Pos" yo si no soy traidora, en esta hacienda crecí, tuve mis hijos, pero "amprimero" me casé de velo y corona en la iglesia y con la bendición del señor cura, yo sí que no "creigo" en lo que dicen los gringos, yo y mis hijos solo "cremos" en lo que nos enseñaron nuestros padres y los antiguos patrones, nosotros en silencio seguimos adorando a Diosito, a la Santísima Trinidad y a la Santísima Virgen, allá ustedes que le hacen morcillas al diablo, arrejuntados con esos gringos que son el "puritico" diablo, "quen" "tuitico" el tiempo "len" su biblia y dicen "quesque" no hay que pegarse a las cosas materiales, pero ellos y los que son bien vivos como ustedes, se van quedando con todos los bienes de la gente que es como doña Josefina.

– Mira Meche, que vos estás endiablada, por tu boca solo habla el maligno.

La voz de Juan puso término a la discusión entre las dos mujeres y cada uno se fue a sus labores.

Después de atender a la peonada todos se retiraron a descansar.

En toda la hacienda se sentía un ambiente pesado, pero nadie se atrevía a hacer el más mínimo comentario sobre lo que sucedía allá en el fondo del bosque, muchos tenían la esperanza de que Tobías lo descubriera, así se terminaría aquel horrible infierno, más no así los que estaban complotados con Juan y el Reverendo K. Popper.

Perico el brazo derecho de Juan, lo esperaba pacientemente allá tras los platanales, el silencio a veces era roto por el graznido de alguna ave nocturna, las luciérnagas se posaban sobre las hojas de los árboles dándoles luz propia, a lo lejos se escuchaba el manantial como un choque de copas de fino cristal.

Juan intranquilo rondaba la habitación de Tobías, pues no estaba seguro de que el cansancio lo sumiera en profundo sueño, tras larga espera dedujo que no había peligro de que se levantara, dirigió sus pasos hacia los platanales, sentía que alguien lo seguía por lo cual se detenía aguzando el oído y cual gato montés pretendía ver con toda claridad en la oscuridad.

Al llegar junto al peñasco la sangre se le fue a los pies, cómo era posible que Tobías estuviera allí hablando con Perico, si él se había percatado hasta el cansancio de que dormía profundamente, su mente se confundió, no sabía si hacerse la señal de la cruz o recitar algún salmo de los que la impositiva religión lo habían enseñado, lo único que tenía muy claro era el que Tobías poseía poderes diabólicos, quiso regresar sobre sus pasos con el corazón en la boca, pero fue tarde, ya Tobías estaba parado frente a él.

Con la respiración entrecortada, las manos temblorosas y mirada desorbitada solo logró decir: – No me haga el "malejicio" patrón – Repitiendo esto salió en precipitada carrera.

Los gritos de Juan rompieron en forma abrupta el profundo silencio de la noche, los peones y sus familias salieron alarmados, se contaban entre si, al constatar que estaban completos cerraban apresuradamente, trancando con cuanto encontraban, se apretujaban unos contra otros para sentirse seguros.

La vieja Meche abrió el viejo armario, sacó la imagen de Jesús y la de la Santísima Virgen, los pequeños la miraron asustados, sus hijas se arrodillaron junto a ella.

Uno de los varones se acercó y dijo: – Párense de ahí y escondan o boten eso, creo que otra "guelta" están en la "registradera".

La anciana le miró iracunda y levantando las manos al cielo, repitió una y otra vez: – Diosito lindo, santa y pura Virgencita, perdonen este animal que ni "an" sabe lo que habla.

Con la cabeza agachada él respondió: – Si en de "andeveras" le oyeran, ya mi taita y mis hermanos estarían aquí y en donde "tan" hora.

Por las mejillas de la anciana rodaron gruesas lágrimas, pero aún así continúo orando, luego como bañada por un maravilloso rayo de luz dijo: – ¡Ay! Diosito lindo, ¡ay! Virgencita santa a "nadien" pueden haber "agarrao", pues aquí está el patrón Tobías.

Carlos Alberto se arrodilló y pidiendo perdón rogó por su padre y sus cuatro hermanos.

Tobías estaba muy intrigado por la extraña actitud de Juan.

Perico intentaba por todos los medios dar una satisfactoria explicación, pero tenía la sensación de que el patrón no lo escuchaba y no se equivocaba, pues en la mente de Tobías estaba fija la imagen de su madre con aquellos horribles ataques de histeria, afirmando ser víctima de toda clase de maleficios, hechos o mandados a hacer por las amantes de su padre, recordó los diferentes países y lugares a los que la acompañó y compartió con ella toda clase de baños, sahumerios, rituales y aún conservaba algunos amuletos, no por que creyera en ellos sino por su belleza y exoticidad, luego toda una gama de sectas religiosas hasta convertirse en una acérrima fanática, culpó a su madre y a su secta del estado emocional de Juan.

Perico lo miraba temeroso mientras mentalmente se preguntaba: – ¿Será cierto que es brujo?

Tobías lo miró fijamente y dijo: – No soy brujo.

Perico sintió como si un rayo fulminante cayera sobre él, se puso pálido y tembloroso, tenía los ojos brotados y la boca abierta, retrocedió poco a poco para luego echarse a correr como alma que lleva el diablo.

Tobías movió de un lado a otro la cabeza, frunció el ceño y con su boca hizo un gesto de preocupación, definitivamente todas esas pobres personas estaban sicociadas, pero en fin ya él encontraría la forma de re-educarlos.

Mientras Florinda trataba de tranquilizar a su marido, Perico no dejaba de repetir que el patrón Tobías le había leído la mente.

Juan se desesperaba cada vez más, tras tomarse una taza más de agua de hierbas se quedó en silencio, miró a Perico y sin pensarlo más dijo: – A los brujos hay que quemarlos vivos, pero en hoguera "paque" no puedan tomar otra "jorma" o "jigura".

– "Ancina" "mesmo" lo dijo el Reverendo – Concluyó Perico.

Juan meditó un momento.

Florinda no dejaba de observarlos con sus ojos de búho pero sin intervenir para nada.

Sin perder más tiempo los dos hombres salieron para reunirse con sus compinches.

Florinda esperó un momento y salió rumbo a la casa de una de sus comadres.

La vieja Meche que no podía conciliar el sueño se encontraba asomada por uno de los postigos, la noche que hasta el momento había estado totalmente nublada se despejo dando paso a una radiante luna, en ese momento Florinda pasó muy cerca de la ventana, con aquella expresión que la vieja Meche conocía muy bien, su corazón palpitó con violencia mientras sus cansados ojos se llenaron de profundo temor, pero aún así decidió seguirla, salió cautelosa y con machete en mano.

Tras larga caminata, Florinda entró en la casa que quedaba muy cerca del río, la pobre vieja se desesperaba tratando de escuchar pero era prácticamente imposible, hasta que se arrimaron a una vetusta pared por entre las cuales se filtraba con toda claridad las palabras

–"Pá" mi que es "más mejor" esperar a que venga el Reverendo, "cuidaitico" vaya el Juan a meter bien "geo" las patas, el patrón es el patrón y si "andeveras" es brujo "pior" "tuavía", ni el Juan ni el Perico deben olvidar que yo también soy capataz – Comentaba desaprobatorio Bruno.

La vieja Meche sintió un horrible frío en la boca del estómago, no podía ser que se atrevieran a meterse con Tobías.

Florinda respondió muy segura: – Juan nunca se ha equivocado y es por eso "mesmito" que el Reverendo "tara" "geliz" de lo que va a hacer con el patrón el Juan y el Perico, si vos no "queres" pos "anton" que el maligno cargue con "tuiticos" ustedes.

Bruno guardó silencio, no quería polemizar con la mujer de Juan, pues pasara lo que pasara el Reverendo terminaría dándole la razón a Juan y sus hombres, con una fingida sonrisa y acercándose zalameramente dijo a la mujer: – No te me pongas en disgusto si vos sabes muy bien que lo que es "gueno" "pal" Juan también es "gueno" "pá" mi, si es menester "ahorititica" "mesmo" arranco "pá" "onde" se halle el Juan.

La regordeta mujer hizo un gesto de profunda satisfacción.

La vieja Meche con el terror pegado en su rostro, pegado cual horrenda calcomanía, caminó hacia atrás hasta llegar a los cañaverales, en su mente estaba la fija idea de ir a la casa grande y poner en sobre aviso al patrón, sus ojos anegados en lágrimas bañaban sus ya marchitas mejillas, a su mente vino la tétrica imagen del Reverendo: Alto, encorvado y recorriendo con sus pequeños ojos azules los ensangrentados cuerpos de los peones, recordó su risa y su destemplada voz acusándolos de ser piedras de tropiezo y voceros de Satanás, luego él decidía quienes morirían desangrados, colgados de los pies en el árbol más alto que quedaba junto al río, el resto serían arrastrados por Juan, Perico y demás hombres hasta el fondo del bosque y solo Dios sabía que había sido de ellos, pues hasta ahora todo el que se había atrevido a indagar había desaparecido sin dejar rastro alguno, era por eso que nadie se atrevía a cruzar el río, como nadie sabía que la mayoría estaba contra su voluntad en la gigantesca hacienda.

La anciana trató de aligerar el paso, pero la fatiga era grande y pesada como la angustia que llevaba dentro de su impotente alma, salió de los cañaverales, caminó a hurtadillas hasta que logró entrar a uno de los hatos, los animales se voltearon, la miraron y luego continuaron rumiando con total indiferencia, más no sucedió lo mismo cuando entró en uno de los gallineros, pues las aves formaron tal alboroto que bien podían alertar a todo un ejército, la adrenalina de la anciana subió con tal fuerza que no supo en qué momento estuvo escondida bajo el heno, su corazón palpitaba con tal fuerza que ella podía escuchar los latidos, a lo lejos se oía el griterío, un sudor frío emano de su viejo y cansado cuerpo, sintió que iba a perder el conocimiento, más su voluntad fue más fuerte que el temor, por lo cual se levantó y corrió como adolescente, pero al acercarse a la casa grande su sangre se heló al ver como esta ardía y las lenguas de fuego parecían querer alcanzar el cielo; las fuerzas la abandonaron y el cuerpo de la anciana cayó pesadamente sobre la verde hierba.

Alrededor de la casa grande Juan, Perico y sus hombres celebraban botella en mano entre risotadas, gritos y palabrotas el haberse deshecho del brujo y su casa.

En la ciudad el Revendo K. Popper esperaba impaciente al Notario, tras larga espera lo vio llegar con un pequeño portafolio que llevaba bajo el brazo derecho, tras saludarlo se dirigió sin prisa a su escritorio, abrió un cajón y lo guardó.

Popper lo miraba insistente esperando que lo llamara, pero al ver que el Notario no se fijaba en él decidió acercarse, pero aún así no logró la atención que deseaba por lo cual dijo: – Mi querer que me atienda.

El Notario levanto brevemente la cabeza sin apartar de él los documentos que estudiaba y con marcada indiferencia preguntó: – ¿En qué puedo ayudarlo Reverendo?

– Mi querer saber cuándo entregar el testo de la hermana Josefa.

El Notario frunció el ceño, hizo un gesto de interrogación y luego respondió con desenfado: – No sé cuando vendrá Tobías por el testamento de su madre.

El Reverendo se agito y tratando de hacerse entender de la mejor forma posible movió sus manos, gesticuló una y otra vez, y luego dijo: – Usted no entender.

El Notario hizo un gesto de marcado disgusto y respondió: – Lo entiendo perfectamente a pesar de su pésimo español, usted piensa que doña Josefina testó a favor del templo que usted representa, pero no fue así, todo absolutamente todo está a nombre de su hijo Tobías, del resto del testamento solo él podrá informarles, ahora discúlpeme, pero como podrá ver tengo mucho trabajo.

El Reverendo se quedó quieto como petrificado, no podía creer y menos aceptar lo que acababa de escuchar, repetía una y otra vez en inglés: – ¡Oh mi Dios!, eso no puede ser – Pero al no obtener respuesta salió del lugar fúrico, fue directamente a casa de Tobías.

Allí le informaron que desde que salió con el grupo de hermanos no lo habían visto entrar o salir, se sintió muy molesto y preocupado por la extraña actitud de Tobías, si pensaba salir de la cuidad o peor aún del País debería haberles informado, al menos su madre siempre lo había hecho, ¿pretendería acaso castigarlos por la forma en que lo trataron aquella noche en el templo?, se sintió aún más preocupado e irritado contra el hermano Tesorero por no haberse preocupado totalmente sobre el testamento de Josefina Moncagata, cuando lo tubo frente a él lo riño hoscamente y lo amenazó con expulsarlo si aquella inmensa fortuna se les escapaba de las manos. Luego convocó a una reunión urgente a los líderes, hizo varias llamadas al exterior, la reunión se efectuó a puerta cerrada, ninguno se atrevía a enfrentar o contradecir a K. Popper puesto que era una de las principales figuras de la secta.

El encorvado cuerpo de Popper se retorcía cual gusano en rescoldo, sus delgadísimos y pálidos labios se abrían para lanzar una y mil maldiciones, sus pequeños ojos azules recorrieron de hito en hito a cada uno de los allí presentes, con voz chillona preguntó: – ¿A caso existe entre nosotros o en el selecto grupo de predicadores alguno que no sea ciento por ciento Anglosajón?

– Por supuesto que no – Respondió uno del grupo.

Popper lo miró despectivo y mordaz preguntó: – ¿Quieres decirme que una insignificante, atrasada y vulgar latina se burló de nosotros?, eso jamás, movilizaremos a todo nuestro cuerpo legal, ya verá de lo que somos capaces, ese maldito bastardo no podrá apoderarse de lo que ya era nuestro.

El yate se movía cadencioso cual mujer ardiente arrastrada por una mágica música, la filmadora captaba ávidamente las imágenes que caprichosamente se ofrecían bajo las transparentes aguas del río, ahora parecía empecinada en juntar el cielo y el agua y logró captar el manto luminoso que se proyectaba sobre las cristalinas aguas, el yate abandonó el río para adentrarse en el mar; navegó sin rumbo. Tobías quiso filmar aquel punto de luz multicolor que jugueteaba en el agua, pero sintió un fuerte vacío, vio como los aros de luz se lo tragaban, luego sintió una gran quietud y una infinita sensación de bienestar, jamás podría describir la belleza del lugar, ahora su cuerpo y su alma se encontraban sumergidos dentro de una maravillosa energía que iba más allá de lo que calificaríamos de sublime, maravilloso, ningún calificativo le calzaría a aquellas sensaciones; eran los seres de indescriptible belleza los que emanaban todo aquello.

Tobías decidió disfrutar y no pensar, no supo cuanto tiempo pasó hasta que unos exquisitos sonidos lo sumergieron aún más en el placer que ahondaba su cuerpo, alma o mente, fue entonces cuando pudo comprender la fatal demencia del pobre ser humano.

A Tobías le habría gustado quedarse por y para siempre en el paradisíaco e indescifrable lugar, pero su mente se inquietó por el ansia de libertad que posee cada ser humano, cada ser viviente, los maravillosos seres se acercaron aún más, a ningún instrumento musical se le podría arrancar una mínima imitación de lo que estaba escuchando.

Tobías comprendió lo que aquellos seres de magistral belleza deseaban de los seres humanos, sonrió y les dijo: – Bien seré un Cristo más y como dijo el primero yo también diré: Que el que tenga oídos oiga, que el que desee ser totalmente libre no se esclavice por el dios dinero, ni esclavice a nadie por este, que disfrutemos de todo lo existente, pero en plena armonía, equilibrio, paz, amor y libertad.

El yate emergió, Tobías no poseía alas pero estaba dentro de un campo magnético que le permitía observar lo que acontecía en la superficie de la tierra, se detuvo sobre el inmenso valle y vio la horripilante matanza de toda especie animal, captó la inusitada crueldad del cazador, lo único que quedaba con vida era un venado dorado con cornamenta plateada y con sus grandes ojos recorrió la superficie desolada, miró fijamente a los cazadores con la esperanza de que su inigualable belleza los detuviera, más sin reparo alguno dispararon contra él. Tobías sintió el profundo disfrute de los atacantes y luego la cruel agonía del venado por cuyo hocico salía la vida convertida en blanca espuma, mientras sus ojos daban sus últimos centelleos para luego ser cubiertos por el inefable manto de la muerte.

Se adentró en el furor del leñador cuya ansia era derribar los gigantescos árboles para convertirlos en lujosos artículos o en simples tablones, solo el industrial maderero sabría que uso le daría, él cumpliría con dejar el cadáver del árbol listo para ser llevado al aserradero, Tobías ahora vivía la angustia del árbol que moría y con él, el hogar de bellas aves, de insectos y un Universo de variada vida.

Vio aquel conglomerado de seres humanos arrojando su basura toxica en mares y ríos, palpó la extinción de la flora y la fauna, vio un planeta árido, desierto, mientras los humanos contaban con codicia el dinero obtenido de la atroz devastación, pero que comprarían; ¿acaso pensarían comprarse unos a otros para devorarse entre sí?.

El Reverendo había puesto en movimiento a todo el cuerpo administrativo de su secta, había que encontrar a Tobías para saber con certeza cuales eran las cláusulas del testamento, la búsqueda fue infructuosa, lo único seguro hasta el momento era de que no había salido del País y no estaba en ninguna de las haciendas que solía frecuentar con su madre.

El Reverendo Popper no quería ni siquiera imaginar que Tobías hubiera decidido refugiarse en la hacienda la Libertad, pero ya habían pasado muchos días y no se sabía nada sobre su paradero, sin pensarlo más habló con su cómplice y traductor y sin dar mayor explicación salieron para la hacienda.

El sol reverberaba por entre los frondosos árboles mientras el aire danzaba sobre la copa de los mismos, la unión del río y del mar era el más maravilloso ejemplo de armonía y equilibrio total.

Tobías pasó su mano por los ojos, se estiró, se sentó sin prisa, sus ojos recorrieron maravillados el caprichoso contraste de formas y colores que conformaban el paisaje, instintivamente buscó la filmadora, busco en la ribera del río, pero el yate no estaba, automáticamente se dio una explicación lógica por lo cual dijo: – Es comprensible, por primera vez he podido disfrutar mi vida, mi soledad y mi privacidad no fue violada, por lo que veo y siento el encuentro con mi yo interior, fue más subliminal de lo que pude imaginar.

En forma inconsciente miró hacia el mar, en la lejanía vio los aros luminosos, sonrió y camino por la blanca arena, se acercó a la orilla mojó sus pies y sus manos, bebió un trago de agua salada, se recreó en la inmensidad del mar y en sus mágicos e insondables misterios, inhaló tan profundo que sintió que se había tragado todo, todo el aire marinero y con él, el agua de los siete mares y las siete dimensiones.

Vio desfilar ante él a todos los poderosos con su gran fortuna a cuestas y con gran dolor sacando un puñado de putrefactas monedas, para alimentar aquel saco de gusanos que no era otra cosa que la mente de abogados y magistrados, que dejarían impune sus crímenes y toda índole de atropellos por más repugnantes que fueran, vio como las mentes

22

agusanadas de poderosos se devoraban entre sí, hasta quedar convertidos en un grande y gordo gusano de transparente piel, que al pretender tragarse así mismo se reventaba convirtiéndose en un asqueroso torrente de pus que asfixiaba todo lo puro, lo bello, lo sagrado, dejando tras de sí el hedor de la injusticia y el palpitante crecimiento de las cresas que convertirían a las víctimas de la injusticia en las nuevas gusaneras.

Escuchó en su mente aquella música que no podía ser arrancada a ningún instrumento musical, sintió la angustia del oprimido, la vergüenza y el mortal frío del desnudo, el mordisco cruel que muerde y remuerde la entraña del hambriento, la sed que atenaza y acartona la garganta, escuchó y saboreó el silencio y el amargo llanto de los viejos, el doloroso e inescuchado sollozar del infante y del joven maltratado, escuchó el incansable gemido del sinnúmero de seres que viven sumergidos en la más aberrante miseria, escuchó el prepotente y sórdido grito del poder, los oyó complotar, los vio triunfar y brindar por la infamante caída de su víctima, sintió la tierra temblar bajo el eco de grotescas carcajadas que provenían de las engusanadas mentes, se lanzó aterrorizado al mar porque vio venir el torrente de pus y supo que tras el quedarían las cresas y con ellas la gusanera de maldad, crueldad, egoísmo, quemeimportismo, avaricia y demás podredumbre que suele apoderarse con mucha facilidad de la frágil mente humana.

Comprendió que la vida es solo un raudo vuelo en el cual podemos dejar luminosidad y un maravilloso campo magnético de energía creadora y renovante, donde crecerán las mágicas flores de la ilusión y la esperanza, donde el equilibrio y la armonía van de la mano del AMOR, LA PAZ Y LA MARAVILLOSA LIBERTAD o simplemente convertirse en un gusano más, dejando como herencia una estela de hedionda pus con todas sus cresas.

Se zambulló en el agua, un rayo de fuego se posó en su frente, mientras un aire fuerte lo arrojó sobre la húmeda tierra, se quedó quieto y en absoluto silencio, se masajeó los brazos y las piernas, frotó sus ojos y su frente, definitivamente no estaba dormido, entonces vio la luminosa silueta que flotaba frente a él haciéndolo sentir lo que con palabras no se podía describir, Tobías trató de nuevo de encontrar una explicación lógica, pero muy a su pesar según la ciencia el presentaba el típico cuadro de un brote de esquizofrenia, llamó a juicio a su mente, ésta simplemente le respondió: Aplica la teoría de Iván Pavlow y recuerda que si el ser humano pudiera ver a través de su cráneo, lograría ver los hemisferios cerebrales y si estos brillaran lograrían ver el foco de excitación por lo cual sería lógico y muy natural que pudieran ver lo abstracto, si lograran anular la sombra inhibidora, la infinita ansia de libertad estaría al alcance de todos, no olvides cuantos pobres seres son prisioneros de su mente, como tu pobre madre quién nunca quiso aceptar que era un cuerpo energético, pero si permitió que seudos mentalistas y demás inescrupulosos se aprovecharon de su desesperanza, haciéndole creer que podían solucionar sus penas.

Como Psiquiatra sabes que todo no es más que un experimento, porque ningún ser humano ha logrado saber donde comienza la mente y menos donde termina, recuerda que todo se basa en teoría y filosofía de seres que decidieron que la demencia no era posesión diabólica sino una ruptura, una distorsión de la realidad debido al atroz dolor mental a que es sometido el ser, incluso desde el claustro materno, pero ninguna pastilla cura la locura, el medicamento todo lo que hace es bloquear por unas horas, sumergiendo al ser en un letargo, más cuando el pobre ser se pierde en el insondable laberinto de su mente, solo podríamos ayudarlo canalizando nuestra energía, hasta lograr que el ser comprenda que como cuerpo energético él y solo él logrará encontrar la salida y enfrentar su realidad por dura que esta sea, pero sobre todo lograr que comprenda que la energía existe, que es tan real como el mismo ser viviente, pues cada ser es una inagotable fuente que todo lo que necesita es equilibrarla, por ejemplo: A todos nos gusta la sal y el dulce, la energía es lo mismo, no puede existir lo bello sin lo feo, caso contrario no podríamos distinguir lo bueno de la malo, lo amargo de lo dulce y así sucesivamente, déjate llevar por lo que te haga feliz siempre y cuando no le hagas daño a nadie, equilibra tu energía, fluye cual mágico y claro manantial, bebe y enseña a todos a dar y recibir que logren comprender que este Universo es una inagotable fuente energética.

No puedo mostrarte con plenitud como somos, pues nuestra luminosidad destruiría tu frágil biología, el ser humano jamás es completamente feliz o desdichado, esto se debe a la complicada programación a la que es sometido desde que entra en el claustro materno, los seres humanos se sienten infinitamente solos en el cosmos, desde siempre han buscado un Dios con el cual identificarse, pero al no poderlo ver y palpar decidieron que todo lo que posee luz como el sol, la luna, las estrellas, era un dios, con su femenino y masculino, con la profunda egolatría del ser humano, dioses crueles y prepotentes cuya soberbia solo podía ser saciada con macabros sacrificios, fue ahí donde se desequilibró la energía.

Tobías, todos los seres vivientes están sujetos a un ciclo de vida y ninguno muere antes o después del momento estipulado, el ansia de libertad no es más que el anhelo de disfrutar en paz y plena armonía el esplendor del Universo, algunos de nosotros han tomado forma totalmente humana y están de incógnitos.

– ¡Que¡ ¿Por qué?

– Porque el ser humano es discapacitado, mira pero no ve, oye más no escucha, son luz y viven la oscuridad de la apatía, la mezquindad, pues solo aman lo que piensan que les pertenece, la misión es recoger la energía que libera cada ser viviente cuando se despoja de la materia, más si en el momento del despojo el ser se aferra a sus pertenencias, no logrará pasar el túnel de oscuridad y su afán de poseer se convertirá en agua, aire y fuego, es entonces cuando el ser regresa a la tierra bajo otra entidad, si era millonario renacerá en la más ínfima miseria, al opresor como oprimido y así sucesivamente, estas son las leyes cósmicas, el extra terrestre que convive con los terrícolas no puede programar en forma caprichosa la energía, pues si lo hiciera estaría trasgrediendo la más sagrada de las leyes que es la del libre albedrío, más como en este momento estás en el oscuro túnel de la muerte, pero tu ciclo de vida aún no concluye, tienes el derecho de escoger entre tu vida ya escrita o ser tu el escritor del resto de vida que te queda; te daré el privilegio de leer lo ya escrito y puedo hacerlo porque tu energía es una hermosa y pura peregrina.

Tobías comenzó a leer y experimentar lo ya escrito.

UNA VIDA YA ESCRITA

Don Augusto se quitó sus prendas con toda libertad, se dio un baño caliente, salió en bata y pantuflas, se acomodó plácidamente en el mullido butacón, respiró profundo y se estiró perezosamente, sus ya cansados ojos se clavaron en la alta y fina figura de su hijo Tobías, quien parado junto al ventanal parecía sumido en profunda meditación.

– ¿En qué tanto cavilas?

– En la vida, en la libertad – Lo dijo con tanta melancolía que el padre sintió que su hijo se sentía impotente ante estas dos cosas.

Repitió casi maquinalmente: – La vida, la libertad, sin la libertad la vida no tiene sentido.

Se volteó y quedó observando a su padre, él era una persona muy especial, siempre tan dueño de sí mismo, de mirar inteligente y sagaz, parecía saberlo todo, haberlo vivido todo, sin embargo a Tobías algunas veces le parecía adivinar una profunda tristeza, allá en lo más profundo de aquellos ojos que sabían esconder muy bien cualquier chispa delatora de tristeza. Su padre era un hombre fuerte, elegante y siempre parecía estar feliz, como si nada en el mundo pudiera quitarle el sueño.

– ¿Padre has sido feliz en tu vida?

– ¡Uff que pregunta!, pero dime hijo que piensas tu.

– Bueno siempre lo has tenido todo y no creo que nada ni nadie te preocupe mucho.

– ¿Eso piensas de mí?

– Si.

– Pues te diré hijo que si me preocupo por los demás, solo

que soy practico, ayudo al ser humano en lo que me es posible, pero no me tomo los problemas a pecho, no sé si habré hecho bien al dejarte que practiques junto a mí, eres tan sensible y en el hospital se ve tanta miseria humana.

– Tal vez tengas un poco de razón, pero si no se tiene sensibilidad, ¿cómo se los puede ayudar?

– Pero qué más podemos hacer nosotros, ¿acaso piensas que podemos cambiar el sistema?

– Si padre, así lo pienso y lo siento.

– Por favor hijo, esos son seres marcados por la vida, por sus genes, por el sistema social.

– Pero eso no es justo.

– Nada es justo en esta vida y te sugiero que mañana no opines frente a la prensa, tus opiniones le desagradarían, es más pondrían histérico al Ministro, ahora vete a tu habitación y trata de descansar, mañana nos espera un día duro, primero con la prensa y después seguir la rutina de escuchar disparates y lamentos.

El auto se parqueó frente al viejo y sombrío hospital, el personal se apresuraba dando los toques finales, para cuando la prensa llegara poder demostrar que el hospital psiquiátrico estaba en perfectas condiciones para atender en forma eficaz a los pacientes.

Tobías se sintió irritado al ver como el personal se las ingeniaba para mostrar a la prensa solo lo que les convenía, ocultando la triste realidad, no pudo contenerse más por lo cual salió y dijo: – Señores periodistas, sabían ustedes que antes del siglo XIII la locura era considerada posesión diabólica y brujería, por lo cual quien presentara estos síntomas eran aniquilados, la psiquiatría moderna nació en Austria, Alemania y Suiza, posteriormente se extendió a los demás países. Sigmund Freud dijo: Sin pacientes no hay historia. Yo digo: Sin paciente no hay historia, sin historia no hay paciente, sin dinero no hay Psiquiatras, ni Psicólogos, ni Enfermeras, ni hospital, pues en pleno siglo XX el pobre ser que por cualquier motivo se pierde en el insondable laberinto de su mente es tratado con indiferencia y crueldad, les sugiero que vengan sin previo aviso a este hospital que es de caridad, caridad entre comillas y puntos suspensivos, pues si vienen en calidad de pacientes

27

podrán ver monjas y Enfermeras con cara de la Gestapo, Psiquiatras y Psicólogos con la apatía de una momia Azteca, esta conducta no puedo generalizarla, pues toda regla tiene su excepción, por lo cual nunca falta alguien con alma de Teresa de Calcuta, pero se podrían contar con los dedos de una mano y eso si le falta uno que otro dedo.

Los periodistas se arremolinaron y preguntaron.

– ¿Es usted?...

El sonrió y dijo: – No soy un paciente, soy el hijo del Director y estoy aquí haciendo mis practicas, lo que pasa es que todos pensamos que somos muy buenos al dedicarles un poco de nuestro tiempo a estos seres humanos, que por A o B motivo caen en estos inadecuados lugares, donde se los toma como conejillos de Indias, pues miente todo aquel que afirme que puede entrar en el laberinto de la mente, pues la mente no es como un filme ni como casete que tiene un principio y un fin, no sabemos dónde comienza menos donde termina; solo quiero que sepan que todo lo que es etiquetado con el nombre de caridad es paupérrimo. Señores míos el término caridad es explotado sin piedad, sin lástima, sin pudor alguno, pero al parecer nadie sabe que caridad significa una de las tres virtudes teológicas, que consiste en amar a Dios sobre todas las cosas y al prójimo como a nosotros mismos, virtud cristiana opuesta a la envidia y a la animadversión que es igual a enemistad, ojeriza, antagonismo, más en mi corto recorrido he podido observar que la caridad es un mito, basta con que un ser humano, animal o planta no tenga abolengo para que sea tratado en forma inmisericorde, la mayoría de políticos son amorales por lo cual me podrían responder: ¿Y a mí qué diablos me importa la teología?, hago lo que puedo pero sobre todo lo que me conviene, que quieren que haga si la mayoría son pobres, que no molesten tanto que para eso ya hay entidades de caridad; pero los encargados de estas fatídicas entidades siempre que un pobre se queja le responden con gran desplante: Vaya quéjense al gobierno.

Es una verdadera lástima que los que se sienten cristianos solo sepan predicar y replicar, pero jamás se aplican lo que predican y menos lo que replican, pues desconocen por completo la aplicación de la palabra caridad, he visto a muchas personas que no se consideran ni cristianas ni nada, más bien sienten y piensan que son un desastre moral, pero aún así se sienten felices con su vida y realmente practican la caridad en forma tan simple, tan espontánea que yo me pregunto: ¿Quiénes serán mejor vistos ante los ojos de Dios?.

La Doctora Lucrecia Albán, trató de calmar a los periodistas quienes exigieron que se les mostrara todo y se les dijera la verdad.

La sinceridad de Tobías puso en jaque a más de una autoridad, más la prensa descubrió un sinnúmero de irregularidades.

Una semana después, Lucrecia Albán llegó a casa de don Augusto y sin mucho preámbulo dijo: – Quiero hablar con el bocón de su hijo.

Tobías salió, se quedó mirándola un tanto burlón.

Ella se puso histérica, quiso abofetearlo.

Pero su mano fue detenida por Tobías quien sonriendo dijo: – ¿Está en apuros su padre el señor Ministro?

– Estúpido, cretino, ¿acaso no entiende que su padre también lo está?

– Lo sé y el también lo sabe, por lo cual no me dirige la palabra, pero yo me siento muy bien conmigo mismo, pues alguien tenía que mostrar la podredumbre, ¿acaso fue tan horrible lo que hice?.

– Es usted un cínico y un irresponsable, ¿acaso no le importa para nada la prestigiosa carrera de su padre?

– ¿Le parece a usted justo que alguien tome mucho prestigio a costa del dolor ajeno?, ¿cree que es lógico y humano esconder la corrupción?

– ¿Es tan estúpido que realmente piensa, que por todo el alboroto que formó la prensa, la corrupción ya no existirá?, pues le diré, que la corrupción forma parte de nuestro sistema social.

– Me extraña que no pueda comprender algo tan simple, los altos cargos son justamente para justificar la corrupción – Respondió Tobías.

– Detesto los sarcasmos – Respondió ella irritada.

– Yo los amo, porque ellos son el dedo en la llaga de los inescrupulosos.

Los pequeños ojos de Lucrecia refulgieron de ira, su nariz

aguileña se infló y desinfló como un fuelle, mientras de sus delgados labios salieron palabras mordaces: – Como solo los mediocres y los locos soñadores piensan que la luna es un queso y que podrán bajarla para repartirla entre todos los hambrientos, en lo personal prefiero alimentar y amar a un perro, porque al menos este me será fiel, mientras que los seres humanos solo saben traicionar, pobre de ti con esa mentalidad no llegaras muy lejos, pues el sistema solo toma en cuenta a personas como mi padre y como el tuyo, no te creas que has ganado algo con tu estupidez, ya los amos del sistema sabrán colocarlos en puestos claves para que nadie los pueda molestar y tu solo quedaras como un maldito resentido social, lo que no entiendo es por qué asumes ese comportamiento si toda tu vida has vivido a cuerpo de rey y no me digas que hasta ahora te das cuenta que las fortunas se logran solo con audacia.

– Disculpa, pero mi fortuna me la heredó mi madre que en paz descanse y esa fortuna fue amasada con trabajo y esfuerzo, no todas las fortunas son mal habidas y si en algo te consuela jamás he disfrutado de la mal habida fortuna de mi padre.

– Te das cuenta, no me equivoco al pensar que los que actúan como tú solo son unos resentidos, ¿acaso te acercaste a tu padre por venganza?

– No suelo envilecer mi alma con sentimientos tan ruines, disculpe usted, pero no tengo porque darle explicaciones de mi vida.

Ella se quedó en silencio, lo observó detenidamente y sin saber cómo o por qué se sintió fuertemente atraída, ella estaba acostumbrada a tratar hombres rudos y amorales, aún cuando exteriormente daban la impresión de ser todos unos caballeros, se le acercó y con otro tono de voz dijo: – Disculpa no quise ofenderte, es más me gustaría que fuéramos amigos.

El la miró, sonrió y accedió.

Tobías sentía que le había ganado una gran partida a la vida, pues la prepotente, egoísta e implacable Lucrecia ahora se comportaba como un bello y cálido ser humano, lo apoyaba en todos sus planes para construir un mundo más justo, él se fue enamorando poco a poco de ella, cuando ella montaba en cólera solo él podía calmarla, ella siempre terminaba disculpándose con él y con todo el mundo, de esta conducta él siempre culpaba a sus familiares y al medio ambiente en el cual ella había crecido, pero él estaba seguro de que lograría cambiarla por completo cuando fuera su esposa.

Los hermanos de Lucrecia lo detestaban, pues desde que él se comprometió con ella todo había cambiado y ahora tenían que cuidarse, ya que Lucrecia ya no era la misma, ahora era una moralista empedernida y todo por culpa de Tobías.

La negra Gregoria se apresuraba dando los últimos toques al ajuar de la novia.

Lucrecia estaba muy nerviosa por lo cual daba órdenes a diestra y siniestra, para luego mostrarse totalmente insatisfecha con la pobre servidumbre que ya no sabían qué hacer para calmarla.

A escondidas la negra Gregoria llamó a Tobías.

Este le llamó por teléfono y le dijo: – Amor espero que tomes las cosa con calma, tómate todo el tiempo que desees, por mi no te preocupes yo esperaré en la Iglesia así sea toda la vida.

Ella cambió por completo y hasta bromeó con la servidumbre, a las doce del día salió rumbo a la Iglesia, el sol estaba radiante.

Un grupo de amigas comentaba: – Oye, a esto si yo lo llamo tener suerte, pues la verdad es que Lucrecia es bien desengañadita y fíjate el maridazo que consiguió.

Otra respondió: – !Ay hijita! que la suerte de las feas la desean las bonitas, !eso es lo que dice el dicho¡, pero a la suerte se le fue la mano con esta, que no hubiera dado yo porque Tobías se fijara en mi, tan guapo y tan bella gente y como si eso fuera poco, adinerado, culto pero definitivamente que está loco, ¿te imaginas la vida que le espera junto a esta demente?.

La caravana de autos se aproximaba a la Iglesia, de repente el sol se ocultó, todo se puso nubloso y la lluvia comenzó a caer, las mujeres se miraron entre sí, la negra Gregoria se santiguaba sin parar.

Cuando el padre de Lucrecia la entregó a Tobías, el collar de perlas se rompió y fueron a caer a los pies del novio.

Gregoria sintió deseos de gritar que detuvieran la ceremonia, pero el padre de Tobías la tomó fuertemente del brazo al tiempo que dijo: – Negra ignorante deja tus estúpidas supersticiones, cada ser labra su propio destino y con esta él encontrará su infierno o su gloria, todo dependerá de él.

– Señor él es su hijo.

– ¡Y qué tiene que ver eso!

– No hay que menospreciar las señales y estas son muy claras.

Veinte años después el Capitán Santiago Jiménez caminaba impaciente de un lado a otro en la sala de espera del aeropuerto, el avión aterrizó, el Capitán miraba impaciente pues aún no sabía que haría o diría cuando tuviera a Miguel Ángel y a su hermana Dayana frente a él, miró de nuevo las fotos, esperó un poco más, decidió sentarse para tranquilizarse, pero en ese momento los vio entrar, respiró profundo, se les acercó y dijo: – Hola muchachos, soy el Capitán Jiménez quise encargarme personalmente de recibirlos, incluso me tome la libertad de alquilar un departamento.

– Gracias Capitán, es usted muy amable.

– Nada de eso, ya que trabajaremos juntos quiero que hagamos un buen equipo.

– Así será Capitán, así será – Respondieron los jóvenes sonriendo.

Miguel Ángel tomó posesión como Director del presidio, Dayana como Psicóloga y asistente, les bastó un breve recorrido para darse cuenta que el aterrante lugar no se lo podía calificar ni de infrahumano, por lo cual decidieron tomar medidas.

El auto corría en forma vertiginosa por las amplias avenidas, al llegar parquearon el auto frente al Ministerio de Gobierno, entraron con paso seguro.

El Ministro se encontraba tras su escritorio, el teléfono sonó, él lo tomó y comenzó una plática de amigo a amigo.

La Secretaria les pidió que tomaran asiento, tras larga espera el señor Ministro los miró con apatía y dijo: – Y bien, qué les pasa, ¿algún problemita?

Miguel Ángel dijo: – Soy el nuevo Director del presidio y ella mi asistente.

El teléfono suena, él lo toma mientras con su mano les hace una señal de que esperen, habla otro largo rato, tras cerrar el teléfono dijo desabridamente: – Bien, ¿qué es lo que desean ustedes tratar conmigo?

Dayana respondió: – Estamos aquí para que por su intermedio, el gobierno nos apoye en el proyecto que hemos preparado para poder así cambiar la dantesca imagen del sistema carcelario.

La Secretaria entró y colocó sobre el escritorio unos papeles, él empezó a leerlos.

Ellos guardaron silencio y tras otra larga espera el señor Ministro dijo en forma apática: – ¿Qué proyecto es ese?

Miguel Ángel quiso que sus palabras fueran más convincentes, el pensó que si lograba borrar aquel gesto de aburrimiento y frialdad del rostro del señor Ministro, tal vez la entrevista podría tener éxito por lo cual dijo: – De sobra sabemos que usted es una persona muy ocupada, por lo cual seremos breves, lo que realmente deseamos es que usted se nos una y así formar un buen equipo.

– ¿Equipo de fútbol?

Ellos rieron con el sarcasmo del Ministro.

– Señor, nosotros pensamos que esos seres humanos merecen la oportunidad de rehabilitarse.

El Ministro acomodó los papeles y miró el reloj: – Concretamente, ¿qué es lo que desean que haga?, ¿acaso que hable con el Presidente de la República y le informe que a ustedes no les gusta nuestro sistema penitenciario?, ustedes son hermanos, ¿no es así?

– Si señor.

– Ustedes han pasado prácticamente toda su vida en el extranjero.

– Así es señor.

– Ahora comprendo, pero tienen que entender que el estado gasta millones tratando de rehabilitar a los delincuentes, ¿pero qué más se puede hacer?

– Rehabilitarlos señor – Respondió Dayana.

El Ministro la miró con frialdad y respondió: – Se que ustedes están muy bien recomendados, por lo cual les sugiero hagan lo que puedan por su propia cuenta – Se retiró para no tener que escuchar nada más.

Miguel Ángel sin perder su característica alegría miró a Dayana, quien tenía cara de pocos amigos, le dio un golpecito en la espalda.

Su hermana lo miró haciendo un esfuerzo por sonreír.

El la miró con picardía y dijo: – Sabes mi Lady, pienso que has debido venir con un atuendo más sexy y haberte comportado muy coqueta, pero quién sabe si le gustarán las damas.

Dayana rió divertida: – ¡Hay hermanito!, tú no tienes arreglo, es la primera puerta que tocamos y ¡bam!, nos dan en la nariz, sin embargo no pierdes tu buen humor.

– ¡Ah querida hermanita!, este no será el único, tendremos que soportar más de un golpe, así que apronta tu linda naricita.

Día tras día fueron a diferentes revistas y periódicos, hablaron con un sinnúmero de periodistas, pero estos realmente dieron poca importancia, uno que otro sacó algún pequeño reportaje que decía: El nuevo Director del penal y su asistente piden ayuda a las altas autoridades y a la comunidad en general para un plan de rehabilitación para los reclusos, si alguien desea ayudar, puede enviar su donativo a este casillero.

Los días transcurrieron, al casillero llegaban cartas, unas con pequeños donativos y otras insultantes.

La que más les impactó fue la de una dama que decía: – Son ustedes un par de dementes, ¿acaso se proponen premiar a los delincuentes?, ¿no pueden entender que quienes están en una cárcel no son más que lacras de nuestra sociedad?, lo peor de las arpías, estoy segura que ningún ser racional colaborará para darles bienestar a esos malditos pre-humanos, ya que están en un puesto clave, lo que deberían hacer es aplicarles la ley de fuga, destruirlos sin piedad alguna, así estaríamos libres de esa parte podrida de nuestro sistema.

Después de muchas idas y venidas, Miguel Ángel y su hermana lograron que el Director de uno de los principales canales de TV les otorgara el permiso para hacer su exposición, el Director se entusiasmó, pues el tema era muy controvertido por lo cual el mismo se encargó de todo, reunió un grupo de gente de clase, baja, media, alta y un grupo de renombrados Penalistas.

En el rostro del Ministro se reflejaba el disgusto.

Los camarógrafos se movían de un lugar a otro, hasta colocarse en el lugar adecuado para que ningún detalle escapara de las cámaras.

Miguel Ángel y Dayana tomaron asiento.

El Director se sentó en el centro puesto que él sería el moderador.

El Director de cámaras comenzó el conteo.

El señor Director saludó cordialmente al público televidente y tras las acostumbradas formalidades dio la palabra a Miguel Ángel.

– Buenas noches, estamos aquí para debatir sobre el caduco sistema penitenciario, mi asistente y yo, hemos iniciado una campaña la cual hemos denominado pro-rehabilitación del preso, por lo cual les pedimos que escuchen, analicen y saquen su propia conclusión sin olvidar que todos somos seres humanos y no somos inmunes de cometer errores, por lo tanto siempre corremos el riesgo de caer en presidio.

Antes de que el moderador pudiera decir algo el Ministro dijo: – Se que la causa que ellos defienden es muy justa, nadie como yo para conocer la problemática del sistema penitenciario. ¿Dígame señorita Psicóloga que es lo que más le disgusta de nuestro sistema carcelario?, según tengo entendido usted y su hermano crecieron, se educaron y trabajaron en el extranjero, ¿será acaso ese el motivo?

El moderador dijo en tono firme: – Permita usted señor Ministro que ella exponga su criterio, el que ellos se hayan educado en el extranjero no tiene nada que ver con este tema.

– Yo diría todo lo contrario – Arguyó el Ministro.

En el rostro del moderador se dibujó una sonrisa de tolerancia y dijo: – Señorita Dayana la palabra es suya.

– Gracias, respondiendo a su inquietud señor Ministro, le diré que de el sistema carcelario me disgusta todo absolutamente todo, pero ese no es el punto, mi pregunta para usted y los señores Penalistas es: ¿Creen ustedes que es correcto que a nuestro caduco, mugroso, horripilante y podrido sistema carcelario se le haya dado el nombre de centros de rehabilitación?.

El Ministro se acomodó en su silla esbozó una irónica sonrisa y respondió: – Es una pena que al ser humano se lo tenga que castigar con la pérdida de su libertad, pero desafortunadamente es la única arma que tenemos para corregir a los contraventores de las leyes.

Miguel Ángel intervino diciendo: – ¿Por qué no usa usted el término castigo?, Porque una cosa es corregir y otra muy diferente es castigar, quiero que todos sepan que la cárcel no es más que un espantoso lugar donde se apiña un conglomerado humano enfermo, física, mental y espiritualmente, allí tras las rejas vemos jóvenes que han delinquido por primera vez, mezclados con depravados sexuales, criminales avezados, traficantes de droga, sádicos, etc. y como si esto fuera poco el hambre y la miseria unen a estos seres humanos en un común denominador: Delincuentes, esto significa que han roto las normas sociales, pero hay muchos que aún no son sentenciados, por lo cual solo ellos saben si son inocentes o culpables, ¿a quién le interesa averiguarlo?; se dan muchos casos en los cuales al recluso solo le faltaban semanas para cumplir su condena y por A o B motivo las autoridades descubren que era inocente e incluso lo descubren al atrapar al verdadero culpable.

Uno de los Penalistas visiblemente disgustado dijo: – ¿Quiere usted decir que todos quienes conformamos el sistema penitenciario somos unos incompetentes?

Miguel Ángel paso su mano por los cabellos y pausadamente contestó: – No todos, pero si la mayoría.

El murmullo de voces no se hizo esperar, los invitados empezaron a hacer comentarios, unos halagadores y otros agrios.

El moderador pidió silencio, luego preguntó a una Señora: – ¿Qué opina usted?

Ella acomodó sus lentes y respondió: – Que él tiene razón de todo cuanto ha dicho, lastimosamente es un error el llamar centros de rehabilitación a nuestras cárceles o a cualquier cárcel del mundo, pues el ser que cae en uno de estos espantosos lugares jamás podrá ser el mismo que fue anteriormente, es triste pero quienes conformamos la sociedad pensamos que el delincuente solo merece sufrir y pagar, le aplicamos la ley del Talión: Ojo por ojo y diente por diente, pero son contadas las personas que se detienen a pensar, ¿qué o quienes convirtieron a ese ser humano en delincuente?.

El Penalista intervino diciendo con marcada ironía:
– Señora esa respuesta solo la puede dar la brillante asistente del Director de presidios.

Miguel Ángel sonrió satisfecho, sabía que su hermana Dayana daría una respuesta contundente.

Dayana hizo un gracioso movimiento de cabeza, miró a las tres clases allí reunidas, luego a los Penalistas y al señor Ministro.

– Señoras, señores, les hablaré de la conducta humana, los genes influyen bastante pero la conducta se forma por el medio ambiente en el cual el ser se desarrolla, empezaré por los que nacen y crecen en la miseria, no hablo de carencia de bienes materiales, pues esta clase de miseria se presenta en todos los niveles sociales, una criatura que es engendrada con brutalidad y sin ser deseado, este es el primer terrible error, en muchas parejas se presenta esta situación, empieza una discusión que termina en golpes y grotescos insultos, el hombre posee a la mujer contra su voluntad, en ella queda dolor, frustración y una profunda ira interior, si de esa relación sexual se produce un embarazo, la mujer en forma inconsciente o consiente rechazará ese hijo, lo mismo sucede con las prostitutas quienes en forma irresponsable traen hijos al mundo, ellas tampoco los desean por consiguiente entre unos y otros no hay diferencia, puesto que desde el claustro materno son rechazados por lo que experimentan angustia y ansiedad, no olvidemos que lo primero que se forma es el cerebro y este posee la memoria por consecuencia registra, retiene y recuerda, si esto sucede en el claustro materno que no decir cuando salen de este y tienen que enfrentar un medio ambiente hostil; es un fatídico error el pensar que el ser humano solo empieza a registrar a tal o cual edad.

Una mujer se levanto y con marcada indignación dijo:
– No sé cómo se atreve a comparar a una mujer que tiene un hogar, sus hijos y su esposo con una prostituta, si son justamente esa clase de mujeres las que ocasionan los problemas en un hogar digno, puede ser que en un momento

dado una mujer rechace un embarazo pero eso no significa que la criatura sienta angustia y ansiedad, que va a saber la criatura que está en la barriga lo que es bueno o es malo, todo depende de cómo se los eduque y de lo que se les dé, si tienen buena comida, buena casa, se los viste bien, se los pone en buenos colegios, es decir si se les da todo, que puede importarles a los hijos los problemas que haya entre los padres, se lo digo por propia experiencia, mi marido a mí que no me ha hecho, pero yo soporto todo justamente por mis hijos, las putas son las que dejan los hijos botados; pero las mujeres decentes como yo se sacrifican.

La mayoría de mujeres estuvo de acuerdo con ella.

Dayana respondió: – Lamento mucho mis estimadas señoras tener que decirles que la decencia radica en nuestra auto-estima y el ser humano que se auto-estima siempre se alejará de su agresor, está usted totalmente equivocada al pensar que sus hijos lo tienen todo, no olvidemos que el ser humano es una máquina de costumbre, pero tenga usted la plena seguridad, de que ellos arrastraran toda la secuela de la violencia que se genera en el hogar, en el mañana serán los nuevos agresores o las futuras víctimas, ¿no le parece que está usted fomentando el machismo?.

– Está usted loca, las mujeres como yo somos las verdaderas víctimas del machismo.

– Señora, cuando la mujer se ama y se auto-estima nunca es víctima de nada ni de nadie, salvo que se urda contra ella una macabra patraña, pero aun así saldría airosa, porque su yo interior le daría la fuerza para luchar y vencer, en casos como el suyo lo mejor es buscar ayuda profesional, piense si su agresor muriera, ¿continuaría usted dependiendo de él?, no, ¿verdad?, usted y sus hijos se verían obligados a buscar una vida nueva, no espere a que se acumule más ira interior en usted y en sus hijos, pues en cualquier momento esa ira los puede conducir a cometer un acto irracional que podría conducirlos a perder la libertad, al delincuente lo tenemos estereotipado como el hijo de nadie, como el ser que nace y crece entre la violencia y la miseria; nadie puede negar que este medio ambiente es el mejor caldo de cultivo para que el ser se subleve contra el sistema social que es implacable.

Los niños maltratados salen a la calle en busca de su supervivencia, pero en ella solo encuentran un rechazo total, cuando buscan un trabajo son muy pocas las personas que se arriesgan a emplear a un hijo de nadie, al parecer están marcados, sus caritas son como de cualquier otro niño pero hay algo intangible, no son sus facciones ni su color, es que tienen algo diferente a los otros niños, algo que como el viento no se ve pero se siente, ese algo se llama carencia de amor y de ternura, pero la sociedad no entiende eso, por lo cual simplemente los margina, los corre como a perros sarnosos, los más bondadosos los ponen a trabajar pero los maltratan física y moralmente, todo por un plato de comida y un rincón para dormir, ellos son los hijos de nadie, los miserables, los indeseables por lo cual deben soportar eso y mucho más, podríamos contar con los dedos de una mano los que encuentran una familia dispuesta a hacer de ellos una persona de bien, cuando los pequeños se hartan de ser maltratados y explotados se lanzan de nuevo a la calle, allí encuentran a otros ya más curtidos en el sufrimiento, son ellos los que se encargan de agredirlos en forma brutal, el nuevo tendrá que pasar mil penurias para que lo acepten en cualquier zona, la mayoría son capitaneados por algún delincuente; es allí donde el hijo de nadie empieza su vertiginosa carrera hacia la cárcel o hacia el cementerio.

Ahora continuaré con los de la clase media: Estos nacen y crecen en un medio ambiente aceptable, los padres se preocupan enormemente porque sus hijos tengan todo lo que ellos no tuvieron, para que sus hijos sean lo que ellos no fueron, cometen el primer error, evitan por todos los medios que el hijo soporte cualquier molestia, lo súper-protegen hasta ahogar su personalidad, cuando llegan a la edad escolar buscan el plantel de mayor categoría pues su hijo tiene que educarse y convivir con niños que son de clase alta, pasa el tiempo él o ella exige cada día más y los padres se sacrifican cada vez más y más, esto hace que la relación familiar se haga tensa y se va agriando, pues resulta que los jovencitos ya quieren cambiar hasta de padres, esto da inicio al conflicto, los jóvenes culpan a sus padres de no poder poseer autos lujosos y de no poder darse la vida que se da su compañero, su auto-estima baja, esto los arrastra a dejar de amarse, respetarse y se sienten nada, nadie, se estigmatiza, se hacen prisioneros de su propio yo, sienten como invisibles barrotes los oprimen más y más, pero su ansia de libertad es superior, por lo cual se aferran a la esperanza de todo prisionero que es el de huir de su casa, de su País, hacia Norte América cuna de la democracia y de la absoluta libertad.

Así como a algunos padres les sobra crueldad a otros les falta firmeza por temor a herir lo que más aman y no se atreven a asumir una actitud directa, frontal y contundente, la obligación de los padres es hacer que sus hijos vivan su realidad, señalándoles que la autenticidad es la que cuenta porque cada persona es un ser unilateral con sus triunfos y derrotas, cuando los padres no logran controlar la situación, los jóvenes no se resignan y salen a probar fortuna, en estos casos ellos encuentran la fatídica mano amiga que les ofrece el camino más corto, el bajo mundo, el tráfico de drogas, les hacen ver que es algo inofensivo, fácil y muy lucrativo, los rebeldes sin causa sienten que son muy listos, pero los pobres cretinos no se quieren dar cuenta que están traficando muerte y no les importa el colaborar para envenenar la mente de un sinnúmero de jóvenes que como ellos empezaron a jugar a hacer ricos, libres y poderosos, arriesgan su vida y su libertad cayendo en la trampa mortal del narcotráfico, de la adicción, de allí en adelante todas las puertas de la degeneración, la delincuencia, las de la cárcel y el cementerio estarán siempre abiertas para ellos y todos los que deseen delinquir.

En cuanto a la clase alta o venerabilísima alta sociedad, no hay mucho que decir, pues ellos nacen en forma privilegiada, crecen en forma privilegiada, se educan en forma privilegiada y delinquen en forma privilegiada, si hay quien se atreva a juzgarlos lo hará dándoles todos los privilegios, pues en las cárceles se creó para ellos el pabellón de los atenuados. Los adinerados suelen regir la vida de los pobres aplicando siempre el pensamiento de Platón: La aristocracia con fuerza represiva mantiene el orden entre el pueblo explotado.

Yo prefiero que todos guiemos nuestra vida por el pensamiento de Sócrates: Solo sé que nada se, esto nos obliga a conocernos a nosotros mismos ampliando cada día nuestro conocimiento, solo así se sale de la mediocridad pero tenemos que luchar con ahínco para que esto no se quede en simplemente un pensamiento filosófico, luchemos porque se aplique como se ha hecho con el pensamiento de Platón, no olvidemos quienes mandan en el sistema social son los adinerados, los que hacen las reglas del juego, por lo cual vemos a auténticos cuadrúpedos ocupando puestos de alta jerarquía, mientras los que están realmente preparados se ven obligados a hacer el trabajo del cuadrúpedo, soportar su despotismo y aceptar sus órdenes.

El moderador se acerco a una humilde mujer del público y preguntó: – ¿Señora qué opina usted?

– Mire señor, lo que dice la chica es la "verda", a los hijos de uno les tratan a las patadas, la mera "verda" es que son hijos de "nadien", allá la mujer esa es la que dice que somos unas putas, por eso botamos a los hijos, a ella más que sea el marido le pega y anda con otras pero le da la plata, pero a uno le pegan, nos insultan, santo Dios lo que nos dicen, viven un tiempo con uno, nos hacen el hijo y ya se largan con otra y uno que es ignorante, por las mismas se consigue otro creyendo que ese si no va hacer tan malo; pero solo le queda otro hijo.

La aludida se levanto roja de furia y dijo: – Pero ve la mujercita esta, como se atreve a compararse conmigo, yo soy una señora, una dama.

El moderador intervino rápidamente calmando a las dos mujeres.

Un hombre se levantó y dijo: – Se da cuenta, las mujeres nos culpan de todo a los hombres, pero la Psicóloga tiene razón, uno respeta a la mujer que se hace respetar, pues uno no va a estar trabajando para mantenerle los hijos a una prostituta o a una vaga que solo pide dinero y más dinero, ¿no que quieren ser liberadas?, pues entonces que no se casen, así no adquirirán ningún compromiso formal con nadie.

La protesta de las mujeres no se hizo esperar; luego hombres y mujeres empezaron a acusarse mutuamente.

El moderador se vio en aprietos hasta que al fin logró que retornara la calma, el silencio fue unánime.

Luego una dama se levanto y dijo: – Yo opino que la Psicóloga se ha ido a los extremos, ¿qué padre no desea lo mejor para sus hijos?, realmente no creo que por este motivo se nos vayan a convertir en delincuentes, es más pienso que estamos en todo nuestro derecho y es nuestra obligación el luchar porque ellos tengan lo que nosotros no pudimos tener o ser, ¿acaso en eso no consiste la superación?, esa es mi opinión gracias.

Un señor de edad madura dijo: – Yo opino que la Psicóloga tiene razón, la mayoría de padres de clase media intentan meterse en la alta sociedad y enseñan a sus hijos que ellos tienen todos los derechos que tienen los hijos de los ricachones, así como ella dice se sacrifican al máximo, pero con ello lo único que consiguen es que los hijos se les revelen cuando los ricachones les hacen uno y mil desplantes, pienso que no debemos meternos donde no cabemos y enseñar a nuestros hijos hacer equilibrados, no quiero decir con esto que seamos conformistas, al contrario lo que pretendo es que seamos realistas que ayudemos a nuestros hijos a forjarse metas alcanzables para que en el mañana no se sientan frustrados, nuestra obligación es inculcarles que todo requiere esfuerzo y sacrificio, que si los hijos de los millonarios obtienen todo con facilidad eso no es nuestro problema, nuestro único problema es aprender a hacer auténticos aun cuando llegáramos hacer Presidente de la República, nunca olvidar que somos de clase baja o media; que no olviden que la clase no se hace, con la clase se nace.

Otro hombre se levanto y dijo: – A mi parecer los hermanitos no son más que resentidos sociales, que buscan motivos para disculpar a los delincuentes, yo creo que a esos desgraciados hay que tratarlos con mano dura de hierro, a las patadas, ese cuento de la rehabilitación no convence a nadie, es más debería existir la pena de muerte en todos los países, el delincuente no debe tener ningún derecho. ¿Qué oportunidad o derecho les dan ellos a sus víctimas?, ninguna, ¿verdad?, es demencial el solo pensar en rebajarles el castigo, que se pudran, que se mueran lentamente entre la basura y el estiércol.

El moderador hizo una invitación al público televidente para que por teléfono diera su opinión sobre la delincuencia.

La mayoría opinó, que según el delito cometido se los

debía aplicar todo el rigor de la ley e incluso la muerte.

Minutos después llegó hasta el canal un hombre de unos cincuenta y cinco años cuyo aspecto era de un médico, él pidió unos minutos para opinar sobre el espinoso tema, tras un saludo cordial dijo: – No dudo que el Director y la Psicóloga traigan buenos y nobles intenciones sobre la rehabilitación del delincuente, pero lastimosamente les falta realismo, pues la regeneración del delincuente es igual a pretender curar a un ser cuya mente se rompió, es lo que sucede con el esquizofrénico, su recuperación es rara pero la sociedad ya no lo aceptará por temor a una recaída. ¿Usted como Psicóloga qué planes tiene para rehabilitarlos?

– Lo primero es lograr que el sistema cambie, que en lugar de tratarlos como alimañas se los trate como seres humanos, que se les brinde un plan de alfabetización, pues muchos reclusos tienen instrucción secundaria y hasta académica, ellos podrían ser utilizados como maestros, así los profesionales de cualquier índole pueden trabajar enseñándoles y de esa forma, ellos mismos producirían para su mantención, no serían una carga para el estado, las personas no sentirían que el dinero de sus impuestos están manteniendo al trasgresor de las leyes.

Separar a los enfermos para evitar contagios, levantar su auto-estima para que sean pulcros, fomentar el deporte y evitar a conciencia que posean armas, que consuman drogas y bebidas alcohólicas, no permitir el liderazgo entre ellos y los guías, de esa forma erradicaríamos la ley del más fuerte.

Para resumir tenemos que cambiar el sistema penitenciario desde sus raíces, nuestra obligación moral es hacer que el delincuente comprenda que la sociedad no es su enemiga, que fue él quien torció su camino y su destino, pero que aún así tiene oportunidad si se lo propone.

El hombre la miró sonrió y dijo: – Hermosa fábula mi bella dama, pero para eso tendría que cambiar la mentalidad de toda nuestra sociedad, pero sobre todo la de las víctimas de la delincuencia, no olvide que en las cárceles hay seres realmente abominables, pero su intención es buena y eso es lo que cuenta.

Un Penalista dijo: – Por las opiniones que he escuchado me doy cuenta que la mayoría desean el castigo y hasta la muerte para el delincuente, por lo cual discrepo con la mayoría, el Director del presidio y su asistente todo lo que pretenden es cambiar lo que por milenios se ha aplicado, castigo y brutalidad contra el delincuente, yo les pregunto: ¿No será ese el motivo por el cual en lugar de disminuir la delincuencia esta se acrecienta cada día más?, pues mientras el delincuente sienta que la sociedad tiene una deuda con él, sin importarle el motivo, su ira interior irá siempre contra esa sociedad y jamás aceptará que es el deudor.

En muchos países existieron las llamadas islas malditas como Alcatraz, Gorgona e Isabela y muchas otras donde los prisioneros eran entregados a sádicos y sanguinarios militares, que con los presos practicaban sangrientas orgías dando rienda suelta a sus bajos instintos, esas islas tuvieron una trayectoria cruel e inhumana desde siglos pasados, los infelices que caían en estas islas se convertían en asustadizas bestias mal olientes, eran innumerables los casos de lepra, sífilis y tuberculosis, se los torturaba física y sicológicamente hasta convertirlos en autómatas de pupilas inmóviles y rostros inexpresivos, de manos y labios temblorosos, cuando ya estaban en este estado eran fusilados, puesto que ya no servían para el trabajo, sus cuerpos eran colocados al sol para que sirvieran de alimento a las aves de rapiña y al mismo tiempo de escarmiento para el resto de los presos. Así como en nuestra sociedad hay personajes malvados, también los hay buenos y fue uno de estos personajes quien decidió dar por terminada la bestialidad de las tétricas Islas, e instituyó un nuevo sistema penitenciario con el mejor propósito de rehabilitar al delincuente, pero poco a poco se fue degenerando y ahora solo son antros de vicio y corrupción.

Ahora nos encontramos ante un terrible dilema: ¿Qué es lo mejor para el delincuente?, ¿la brutalidad ejercida en las Islas?, ¿el quemeimportismo de ahora?, pues el Director y su asistente tienen toda la razón, al delincuente actual se lo encierra en un obsoleto e inmundo lugar apretujado, pues si una celda fue construida para dos, en esa misma meten seis, en todas las cárceles existe la ley del más fuerte, esto es inevitable pues el que posee dinero compra lo que quiere, desde un cigarrillo y qué no decir de la simpatía del guía.

Me permito explicar en forma sencilla lo que significa la palabra castigo y si me equivoco la Psicóloga aquí presente me corregirá: El castigo no es otra cosa que la adicción a algún estímulo desagradable que sigue a una conducta, el castigo es una forma peligrosa de control de conducta, mucha gente puede apreciar la complejidad del castigo intencionado, produciendo el efecto contrario al deseado, el castigo tiende a suprimir conductas pero no enseña conductas por sí mismo, al no adquirirse nueva conducta queda un vacío que debe llenarse por conductas alternativas reforzadas.

El castigo crea un clima emocional negativo, el castigo satisface con mucha facilidad las necesidades del castigador, pues esto satisface su ira y frustración so pretexto de que el castigo corrige, el castigo señores míos no crea una conducta de respeto, solo logra acondicionar en el castigado temor y resentimiento, si observamos la conducta de un criminal frente a un militar armado, déspota y cruel, el criminal por más avezado que sea demostrará sumisión, llorará y temblará como cualquier ser desvalido, los delincuentes y las fieras que vemos en un circo son muy semejantes y ¿saben por qué?, porque cuando la fiera es capturada es sometida al peor de los castigos psicológicos que es justamente el ser privado de la libertad, luego viene el domador, quien le agrede sistemáticamente para infundirle temor, la fiera se sabe en desventaja, por la cual asume una conducta de sumisión, obedece las órdenes por lo que el domador se siente satisfecho, más esto no quiere decir que el domador haya logrado regenerar el instinto agresivo de la fiera, pues este instinto salvaje criminal se acrecienta, sobre todo contra el domador, pues en cuanto la fiera lo perciba en desventaja, lo atacará con saña; el criminal avezado actuará exactamente igual.

Quiero que todos estemos consientes del terrible dilema al que nos enfrentamos, el punto no consiste en premio o castigo, el dilema consiste en que el delincuente también es un ser humano, que nació libre e inocente como cada uno de nosotros, pero que desafortunadamente por algún motivo permitió que la fiera que todos llevamos dentro rigiera su vida. Los que nos consideramos buenos ciudadanos nos sentimos muy satisfechos cuando el delincuente recibe su merecido, solemos decir es justicia, en otras oportunidades solemos decir ojalá lo maten, lo torturen y le multipliquen lo que él o ella le hizo a su víctima, en el momento que decimos y sentimos todas esas cosas preguntémonos: ¿Qué somos nosotros en ese momento?, ¿no somos igual o peor que el delincuente?, ¿acaso nos detenemos a pensar que fue lo que realmente ocurrió con ese pobre infeliz ser humano?, ¿qué o quién lo incitó a convertirse en la peor de las bestias?, ¿acaso nació con su mente ya retorcida?, ¿realmente todos estamos limpios de culpa?, ¿hicimos, hacemos algo contundente para prevenir que él o ella asuma esa conducta de odio y represalia contra la sociedad?, ¿cuántas oportunidades justas valederas se les dieron?, ¿podemos afirmar sin el más mínimo temor a equivocarnos que con premeditación y maldad las rechazaron solo con el vil propósito de convertirse en lo que ahora son?.

Sé que muchos dirán a tal o cual persona se le ofreció todo y sin embargo delinquió, le doy toda la razón, pues aquí cabría la pregunta: ¿Por qué un Presidente de la República que fue electo por su hambriento pueblo roba al estado?, ¿Por qué permiten que sus amigos se enriquezcan a lo bruto?, eso es lo que ocasiona que el rico sea más rico y el pobre se muera de hambre, pero ellos no son tildados de delincuentes, a duras penas se los tilda de avivatos, así los corruptos los juzgan de corrupción y entre corruptos le aplican la misma ley, pues el mayor castigo consiste en irse del País a gastar lo que le robaron a su pueblo.

El Director del debate dijo: – Todo lo dicho por los Penalistas y demás expresiones vertidas en este programa son de absoluta responsabilidad de ellos, muchas gracias.

Todo quedo en silencio, el moderador dijo bastante preocupado: – Verdaderamente usted se extralimitó, espero que no tomen represalias en contra del canal.

El Penalista dijo entre apenado y molesto: – No se preocupe, nosotros asumimos toda la responsabilidad, los aludidos podrán vomitar de ira pero no se dijo nada punible, puesto que yo no nombre ni a Pedro ni a Juan, soy Penalista y lo que acabo de decir no es más que un secreto a voces, espero que lo que aquí se dijo tenga eco y nos haga reflexionar a todos, tal vez así aprendamos a hacer más justos.

– Yo comprendo dijo el Director, lo que pasa es que esto solo era un debate sobre la delincuencia común y pueden acusar al canal de permitir que se politizara y eso no nos conviene, pero en fin ya lo dicho, dicho está, lo que si les aseguro es que este canal, no se prestará para otra cosa como esta – Con marcado disgusto se despidió.

Cuando al día siguiente Miguel Ángel y Dayana llegaron al presidio, los reclusos se abarrotaron gritando vivas y mandándoles besos volados, reían y saltaban como niños a quienes se les ofrece el tan anhelado juguete, no olvidemos que el ser humano jamás deja de ser niño por más malvado que nos parezca.

Miguel Ángel se quedó en la oficina mientras Dayana se fue directo a hablar con el Capitán Jiménez, él se hizo el desentendido.

Ella se le acercó y dijo: – No tiene nada que decirme Capitán.

– Simplemente que fue buena la actuación de los dos, pero veremos quién pone oídos a todo ese repertorio.

– ¡Ay Capitán! que pesimista, ya verá que si hay muchos que querrán colaborar, además es solo el primer paso para presionar al Gobierno de turno.

– No seas tonta, a nadie le importa la real rehabilitación, tú lo oíste, la mayoría por no decir todos, piensan que los reclusos son la carroña de nuestra sociedad.

– Bueno Capitán, no empecemos a discutir lo que ya se discutió, todo lo que le pido es que usted demuestre que a usted si le importa, ¿qué le parece si comenzamos con el programa de alfabetización?

– Pero con qué material.

– Mire Capitán, cuando uno realmente desea hacer algo siempre encuentra la forma de alcanzar lo que se propone, usted más que nadie conoce a los reclusos.

– Eso es lo que me preocupa, los conozco muy bien y te aseguro que será un trabajo inútil tratar de que ellos colaboren.

– Pues yo seré la primera Maestra, ya verá como encuentro voluntarios.

– Por favor eso es muy peligroso, allá en las jaulas hay toda una jauría de degenerados, criminales avezados y todo lo malo que te puedas imaginar, por lo tanto ni sueñes que yo te ayude en tamaña locura, hablaré con tu hermano, supongo que él será más sensato.

– Por favor Capitán, le ruego no empiece a ponerme obstáculos, no olvide que soy una profesional y sé cómo hacer mi trabajo.

– ¡Uff! Que terca eres, ¿acaso no quieres entender que son supremamente peligrosos?

– ¿Qué daño pueden hacerme, si están encerrados como animales?

– Pues la conducta de muchos de ellos es peor de la de cualquier animal, ¿acaso no entiendes que entre ellos se violan, se hieren o se matan cuando tienen la más mínima oportunidad?

El Capitán se dirigió a la oficina de Miguel Ángel.

Dayana lo siguió.

El Capitán hizo su exposición.

Miguel Ángel puso cara de preocupación, sobre todo cuando el Capitán afirmó que los reclusos podían tomarla como rehén.

En el bonito rostro de Dayana se reflejó la impaciencia.

El Capitán dijo con firmeza: – Miguel Ángel, se que tú no puedes verla como la vería cualquier hombre, pero si podrás notar que es joven y bonita.

Antes de que su hermano diera alguna opinión Dayana dijo con voz firme y segura: – Lo lamento Capitán, pero ni usted ni mi hermano podrán evitar el que haga mi trabajo, ya le dije que soy una profesional, es lógico que tendré que tomar precauciones, ¿cómo piensa usted que se trabaja en un hospital psiquiátrico?.

– Eso es diferente.

– No veo la diferencia, pues los riesgos son los mismos, pero para eso está el personal de seguridad, no quiero pensar que es usted el típico macho, que piensa que el hecho de ser mujer me incapacita para esta clase de trabajo.

Miguel Ángel sonrió y dijo: – Ella tiene razón Capitán.

El movió la cabeza y dijo: – Como quieras, pero todo queda bajo tu responsabilidad.

– Así es Capitán y le puedo asegurar que no habrá ningún

problema, pero no olvide que necesitamos su ayuda.

El Capitán sonrió y movió la cabeza, luego dijo: – Veo que será imposible convencerlos de que dejen las cosas como están, está bien Dayana ven conmigo.

La condujo hasta la celda donde se encontraba José.

– Acércate.

Dayana lo observó, era un Joven de unos veinte y tantos años, estaba todo golpeado.

El Capitán dijo sin premura: – ¿Otra pelea?

El joven solo agacho la cabeza, los otros reclusos se fueron al fondo de la sucia celda.

– Acérquense todos – Ordenó el Capitán.

De mala gana obedecieron.

Dayana miró al Capitán, este se retiró sin hacer comentario alguno.

Ella dijo a los reclusos: – Quisiera que me digan cuántos de ustedes tienen secundaria y si estarían dispuestos a colaborar en la enseñanza de los que no poseen ninguna instrucción.

Ellos permanecieron en silencio.

Dayana se limitó a observarlos.

Fue José quien dijo: – Señorita, no pierda su tiempo aquí todos somos brutos, ignorantes, si no fuera así no estuviéramos aquí, ¿no es así muchachos?

Se limitaron a reír.

Ella sonrió, suspiró y comentó: – Que bien, eso significa que ya tengo un grupo de alumnos, pero si alguno se sabe las vocales ya puede considerarse Profesor de quien no las sabe, ¿de acuerdo?, ahora quisiera que todos comprendan que mi hermano y yo estamos aquí para ayudarlos, pero si ustedes no nos quieren aquí, podemos pedir el cambio a una cárcel en la cual los presos tengan deseos de superarse, donde no se auto compadezcan ni se sientan tan poca cosa, ustedes no son más que seres humanos que no importa el motivo por el cual perdieron su libertad, que puedan entender que todo ser está expuesto a cometer faltas, pero que eso no significa que no tengan la obligación y el deber de rectificar, caso contrario no debería estar en una cárcel, sino en un manicomio junto con todos esos seres que en un momento se perdieron en el laberinto de su propia mente; todo lo que les pido es que dejen de ser parte del problema y trabajen duro para su rehabilitación.

Al fondo del pabellón un recluso dijo: – La propuesta es solo para la celda diez o para todos.

Dayana respondió satisfecha: – No solo para este pabellón, sino para todos los que están en el presidio, pues si nos unimos alcanzaremos grandes logros, sin olvidar que el camino es largo y pedregoso, pero entre más difícil sea la empresa mayor es la satisfacción de alcanzar la meta.

Salió sonriendo y se dirigió al pabellón C.

Los guías se pusieron en alerta.

No fueron pocas las palabras grotescas, las burlas e insolencias que se escucharon a su paso.

Ella hacía caso omiso.

Al pasar por la celda doce, uno de los presos empezó a gritar frases lascivas, haciendo gestos y movimientos obscenos, lo hacía en forma frenética, era como si todo eso le produjera un delirante placer.

El más viejo le llamó la atención, más por respuesta obtuvo un golpe tan fuerte que el infeliz cayó como un títere a quien le rompen las cuerdas.

Dayana se plantó frente a la celda y ordenó al guía sacara al agresor y lo pusiera hacer ejercicios hasta que quedara exhausto.

Los guías se pusieron aún más nerviosos al ver que ella sin temor alguno entró en la celda doce y ayudó al anciano a levantarse.

Este la miró agradecido, al sonreír tuvo que escupir uno de sus pocos dientes, el hilillo de sangre corría por la comisura de sus labios, el lo limpiaba con el dorso de su huesuda mano, tenía un hematoma del tamaño de una naranja, ordenó lo trasladaran a la enfermería prometiéndole que después hablaría con él.

Uno de los guías se le acercó y le dijo: – Le sugiero que no cometa otro error como el que acaba de cometer, pues no solo se expone usted, sino que está poniendo en peligro a todo el presidio, ¿acaso no le informaron que este pabellón es el más peligroso?, si desea continuar el recorrido lo hará pero sin acercarse a las celdas.

– ¿Pero ese pobre anciano?

– Si está en este pabellón, por algo será señorita, ¿acaso no le dijo usted al Capitán que era una profesional?, discúlpeme usted, pero lo que acaba de hacer no tiene nada de profesional.

– De acuerdo, reconozco que fue una estupidez, pero no volverá a suceder se lo prometo.

Al casillero de los hermanos Albán continuaron llegando sobres con donativos, también fueron muchas las personas quienes con sus cartas a diarios y revistas, lograron que el Gobierno al menos tomara en cuenta la campaña pro-rehabilitación del preso.

La campaña de alfabetización se inició en forma bastante precaria, José quiso negarse, pero al ver la decisión de Dayana no le quedó más que unirse al grupo.

El viejo Tobías parecía un niño de escuela cuyo profesor le otorga el privilegio de conducir la clase, se acercó al grupo que le fue asignado, se irguió y empezó a dar órdenes, después de tantos y penosos largos años Tobías se volvía a sentir persona, repartió los lápices y cuadernos, aclaró su garganta y dijo: – Miren compañeros yo mismo construí este pizarrón, aquí aprenderán todo lo que se necesita para que se conviertan en hombres de bien.

Muchos se rieron y empezaron a hacerle bromas pesadas, mientras otros decían frases amenazantes, el viejo Tobías se sintió intimidado.

Dayana corrió en su ayuda, con voz fuerte y firme dijo: – Escúchenme bien, el que no desee superarse puede retirarse, esto no es un juego, deben aprender a respetar, si desean ser respetados, los que realmente sientan el deseo de aprender y superarse que se quede, el resto puede retirarse, no obligaré a nadie esto es voluntario, lo que sí quiero que quede muy en claro es que estamos luchando para que la sociedad comprenda que ustedes no son las bestias que ustedes afirman, por lo cual sienten y piensan que solo merecen la muerte, tienen que demostrar que son seres humanos con deberes y derechos, pero sobre todo demostrarles a la sociedad que todo ser humano tiene derecho a la rehabilitación y que esta no es un mito, lo único que les pido es que no nos defrauden, porque al hacerlo se estarán defraudando ustedes mismos.

La mayoría agacho la cabeza, otros se retiraron con burla.

Tobías recobró la confianza y comenzó a dictar su clase.

La cárcel parecía una colmena, presos y policías estaban contagiados del entusiasmo de Miguel Ángel y de su hermana Dayana, los policías fueron a las construcciones y pedían la madera que ya había sido utilizada, la condujeron al presidio y con ella los reclusos construyeron pupitres para no tener que escribir en el piso, poco a poco construyeron un rústico pero amplio salón de clases, se hicieron mingas permanentes, el aspecto del presidio cambió ciento por ciento, pues hasta los viejos cacharros de la cocina se veían aceptables.

Miguel Ángel y Dayana, tenían que luchar cada día más por estirar el escuálido presupuesto, pues la lista de gasto era infinitamente superior a los fondos que tenían disponibles, pero ellos no desmayaban frente a todas las trabas burocráticas, pues no eran santos de devoción del señor Ministro ni del gobierno de turno, pues por estar de habladores, se descubrían cada vez más anomalías entre las cúpulas que administraban la justicia, empezando por el paupérrimo sueldo del cuerpo policial, la carencia de armas, de estímulo y motivación, se les exigía todo a cambio de nada, convirtiéndolos en tigres sin garras y sin derecho a protestar.

La campaña continúo diariamente, la prensa decidió colaborar difundiendo el mensaje de unamos esfuerzos, colaboremos con la noble campaña pro-rehabilitación del preso, en los vengativos la petición era una estupidez, una ofensa, pero en muchos hizo eco, la ayuda empezó a llegar, textileras donaron una buena cantidad de tela, las jabonerías, laboratorios, fábrica de pinturas, agropecuarias, librerías; etc. Cada entidad donó lo que a ellos competía.

Aquella mañana Miguel Ángel y Dayana se quedaron observando la labor, la emoción embargó sus mentes al punto de hacerles sentir un nudo en la garganta, pues presos y policías trabajaban arduamente como amigos y camaradas, todo por mejorar la vida en el lúgubre lugar, una cuadrilla de hombres trabajaba en forma infatigable pero llenos de ilusión y de esperanza, preparaban el terreno donde harían el huerto, otros construían afanosos los corrales donde criarían las aves y los conejos; algo llamó la atención a los hermanos Albán.

Uno de los reclusos estaba tendido de bruces y por más que sus compañeros intentaban que se levantará, este se negaba gritando: – Este pedazo de tierra es mío, yo soy jardinero y aquí cultivaré las más lindas flores.

Unos se reían, otros lo insultaban, lo pateaban diciéndole: – Las flores no se comen pendejo.

Miguel Ángel se acercó y pregunto: – ¿Cuál es el problema?

Todos se retiraron del hombre.

Uno de ellos dijo: – No pues jefe, este que quiere apoderarse de este pedazo de tierra.

El otro continuó tendido sobre la tierra, levantó la cabeza y dijo: – Jefecito déjeme este pedacito para cultivar mis flores, mire las flores se venden, pero sobre todo atraen a los pajaritos.

Miguel Ángel sonrió, se dirigió al resto de hombres y comentó: – A mí me parece buena idea, ¿por qué no colaboran con él?

– Como usted diga jefe, pero que no diga que la tierra es de él.

– La tierra es de todos y no quiero peleas.

– Pero las flores serán mías – Dijo el hombre aún tendido en la tierra.

Dayana se le acercó, lo tomó del brazo y le dijo: – Serán de todos, no podrá evitar que disfruten de la maravillosa vista que darán las flores y el escuchar el dulce trino de los pajaritos.

Al fin el pobre hombre accedió que su jardín fuera para compartirlo con todos.

Otros se dedicaron a pintar las celdas y las rejas.

De la mayoría de rostros había desaparecido aquella expresión de vacío, el rencor y la impotencia bajaban de tónica, se veían alegres, la única alegría que puede expresar el preso, su canto, su silbo, el aferrarse a su yo interior, sentir que se pertenece a la raza humana, en este estado emocional comentaban: – Ahora sí que vamos a vivir como la gente, ¡carajo!

Las tres máquinas de coser no cesaban de trabajar,

parecía una pequeña fábrica de sábanas, almohadas y forros de colchón, cada recluso recibió su dotación, corrieron hasta sus celdas, forraron su mugriento colchón, colocaron sobre él la sábana y sobre ella la nueva almohada, la observaron por un momento y se sentían realmente satisfechos de poder disfrutar de la limpieza que las prendas ofrecían, todo iba cobrando vida, ya la cárcel no se veía tan tétrica, la mayoría se sentía optimista, parecía no importarles mucho aquel grupo que se rezagaba y no participaba en nada, mostrando un quemeimportismo; ese era el grupo que más les preocupaba a Miguel Ángel y a Dayana.

Se les acercaron y preguntaron: – ¿Qué pasa con ustedes?, ¿cuál es el motivo por el cual no participan en los trabajos?

Ellos ignoraron la pregunta.

Miguel Ángel y su hermana insistieron.

Uno de ellos los miró con desdén y replicó: – ¿Por qué mierda nos vamos a poner a trabajar?, ningún hijo de puta tiene por qué disfrutar de nuestro sudor.

– Nosotros pensamos que esa es una forma egoísta de comportase – Dijeron los hermanos Albán.

Los reclusos los miraron desafiantes y sin miramiento alguno respondieron: – Que mierda nos importa lo que ustedes piensen – Y sin más se retiraron.

Dayana sintió deseos de abofetear a alias Gorilón que era quien encabezaba el grupo, los hermanos se retiraron, respiraron profundo, pues era evidente que Gorilón los estaba provocando, ellos se limitaron a mirar el grupo y decir con mucha tranquilidad.

– Muy bien ustedes se lo pierden, pero si desean continuar viviendo en tan paupérrimas condiciones, nosotros no podemos obligarlos a cambiar de forma de pensar, pero el que no trabaja no podrá obtener ningún beneficio, es más ustedes tendrán que ocupar la parte del pabellón C que no se ha realizado arreglo alguno, pero si a ustedes les gusta vivir así, nadie tiene por qué obligarlos a hacer lo contrario.

Miguel Ángel los miró con marcada indignación y les dijo: – Lo que sí no permitiré es que contagien a los demás de su apatía, egoísmo y de su enfermizo resentimiento.

Acto seguido Miguel Ángel ordenó a los policías conducir al grupo y a todo recluso que estuviera asumiendo esa actitud, por último dijo: – No les permitan salir y en la reja coloquen un letrero que diga: El odio y el resentimiento solo nos conduce a nuestra propia autodestrucción, ¡ah! que la alimentación de ellos sea como la anterior.

La orden dada por el Director se cumplió al pie de la letra, los seguidores de Gorilón eran más de lo que se pensaba, desde el pabellón C se escuchaba mil improperios contra el Director, su hermana y demás, pero ya se tenía la orden de ignorarlos por completo.

La apariencia del presidio día a día mejoraba, Dayana reunió a los policías y pidió voluntarios para pintar la parte exterior del presidio, ella les ofreció una pequeña recompensa, sobraron voluntarios.

La prensa que seguía muy de cerca la campaña publicó un mensaje que decía: – El principal centro de reclusión cada vez se parece más a un verdadero centro de rehabilitación, esperamos que la colaboración continué para que esta noble campaña alcance todas las metas y al fin podamos decir que se cuenta con un centro real y auténtico rehabilitador del delincuente, más el Director y su asistente se sienten insatisfechos, si bien aceptan que ha cambiado el paupérrimo aspecto que poseía, pero que aún faltan demasiadas cosas para poder convertir este lugar en un verdadero centro de rehabilitación; por lo cual piden al Gobierno les done unos terrenos baldíos que se encuentran muy cerca y que se han comprobado son cultivables. Piden la inmediata ayuda al Ministerio de salud para que los reclusos que presentan problemas mentales sean transferidos a los hospitales psiquiátricos, construir un área médica, donde los reclusos que se encuentran afectados de enfermedades infecto contagiosas puedan ser tratados en forma adecuada sin correr el riesgo de evasión, pues nos consta que no es un capricho del Director y su asistente como algunos afirman, en nuestro recorrido pudimos constatar que tienen que acomodar a cuatro o más reclusos en una misma celda, ya comprenderán ustedes lo que esto significa, por más que se intente separar a los enfermos de los sanos, eso es prácticamente imposible por falta de espacio.

El pedido de ayuda gubernamental se hizo un sinnúmero de veces, pero todo quedó en el aire, el Gobierno no respondía ni si, ni no, simplemente lo ignoró.

Los meses transcurrieron lentos, la euforia de la campaña empezó a apagarse poco a poco hasta quedar en el olvido.

Miguel Ángel y Dayana luchaban desesperadamente por mantener la estabilidad, pero las partidas de dinero que el gobierno enviaba apenas si alcanzaba para medio alimentar a los reclusos, el tedio empezó su destructiva labor, los talleres, la biblioteca y demás proyectos se quedó en eso "proyectos"... la prensa también se había cansado de promover la campaña.

Miguel Ángel y Dayana se sentían frustrados e impotentes ante tanto quemeimportismo, pero se sentían aún peor cuando los reclusos preguntaban con la esperanza reflejada en el rostro.

– ¿Cuándo se abrirán los talleres? ¿Cuándo continuaremos en tal o cual proyecto?

Los hermanos Albán no se daban por vencidos, con su propio dinero abrieron los talleres, trabajaban en forma adicional para obtener más dinero, hicieron rifas, bailes, colectas públicas por lo cual lograron obtener fondos y así lograr concluir la mayor cantidad de obras prometidas a los reclusos. Miguel Ángel tomó el alta voz y habló tan fuerte que podía oírsele a varias cuadras a la redonda, los motivó diciéndoles: – Espero que todos deseen rehabilitarse y demostrar a la sociedad que todo ser humano puede caer en un presidio por cometer un error en su vida, pero que eso no significa que no se sienta obligado a rectificar, a luchar por su dignidad, su vida y su reintegración a la sociedad, respetando las leyes constituidas por el sistema, demuestren que la rehabilitación no es un mito, así como la sociedad y su sistema les enrostra sus múltiples errores, ustedes ya rehabilitados podrán ayudar a que el sistema social sea corregido y de esa forma evitaremos que las cárceles cada día estén más súper pobladas; que no todos ustedes nacieron para ser carne de presidio.

LA MASACRE DEL PABELLÓN C

En el pabellón C se encontraban un gran número de avezados criminales cuyo cabecilla era Gorilón, quien en todos los presidios donde había estado siempre había gozado de privilegios, privilegios que compra el dios dinero, por lo cual él y su grupo demostraban abiertamente que no estaban de acuerdo con la política implantada por el nuevo Director y su hermana, por lo cual habían asumido la actitud de brazos caídos y habían arrastrado con ellos a quien se les había antojado, los reclusos le temían, pues sabían que él siempre compraba a quien se le antojaba.

El pabellón C despedía un hedor insoportable de suciedad biológica, el resto del presidio estaba limpio, pero los reclusos no se atrevían a exponer su malestar por temor a las represalias que pudiera tomar Gorilón, pues nadie podía garantizarles su seguridad mientras Gorilón permaneciera en el presidio y nadie como ellos para saber las atrocidades que cometía dicho sujeto a vista y paciencia de los guardias quienes siempre lo habían encubierto por dinero.

Miguel Ángel dejó pasar los días en espera de que Gorilón y su abultado grupo se cansaran de vivir como animales, pero le preocupaba la situación pues se acercaba la fecha en la cual los delegados del Gobierno irían hacer su evaluación, la actitud de ese grupo daría paso a que la delegación pasara el informe de que realmente la rehabilitación es un mito, ya que los criminales más avezados así lo demostraban, se reunió con el Capitán Jiménez, discutieron el asunto y se dirigieron a la comandancia.

El Capitán dijo: – Mi Comandante no nos parece justo que por esta bola de pelotudos perdamos la partida de dinero que nos corresponde, los hermanos Albán han trabajado arduamente para que la comisión pase un buen informe.

El Comandante levantó la cabeza, al ver a Miguel Ángel palideció como si estuviera viendo un fantasma, sus manos temblaban, se quedo en silencio y luego dijo: – Mañana ordenaré el desalojo del pabellón C.

El Capitán quiso hacer otro comentario.

Pero el Comandante fue cortante al decir: – Pueden retirarse.

El Capitán Jiménez iba en absoluto silencio.

Miguel Ángel al fin se decidió a decir: – Si lográramos que salieran por voluntad propia.

– Eres igual de ingenuo.

– ¿A qué?

– Nada disculpa.

– Soy igual de ingenuo a quién.

– Solo fue una expresión, hay muchas cosas que hace y dice, pero...pero nada muchacho simplemente me preocupa que el desalojo sea violento, conozco muy bien al Comandante.

La mañana estaba fría, gris, preñada de odio, el Capitán Jiménez con un buen número de policías se adelantó a la llegada del Comandante, los reclusos se fueron reuniendo en grupos, en sus rostros se dibujaba claramente el sadomasoquismo, ellos bien sabían que Gorilón no se dejaría intimidar fácilmente, él era el cabecilla, el líder, sus compinches narcotraficantes, violadores, asesinos como él y todos sabían que a Gorilón lo protegía alguien supremamente poderoso.

El Capitán Jiménez ya estaba frente a la reja del pabellón C.

Por entre las rejas un hombre alto, fuerte, rió mostrando su amarillenta y dispareja dentadura, al tiempo que dijo muy seguro de sí mismo: – ¡Hola Capi!, ¿qué viene hacer por estos lares?

El Capitán con sus hombres se acercaron aún más sin responderle.

El recluso hizo una señal, de inmediato un grupo lo rodeo y en forma desafiante e insolente gritó: – Hijos de la valiente puta que no se acerquen más, mire Capi a quien tengo aquí – La cicatriz que cruzaba la mejilla derecha del más temido de los reclusos pareció hacerse más profunda, resaltando su peligrosidad, lanzó sobre el Capitán y sus hombres una mirada de gorila feroz.

El Capitán dijo con firmeza: – Deja salir a Tobías y al resto de hombres que nada tiene que ver con tus bravuconadas, pendejo, cobarde, si te crees muy macho por qué tienes que usar de escudo a otros presos.

El temor se dibujo en el rostro del gendarme.

El Capitán le ordenó abrir la reja.

Sacó un manojo de llaves, caminó despacio hacia la reja.

El Capitán con el resto de uniformados iban tras él.

Cuando la reja se abrió un interno grito: – Cuidado Capitán, Gorilón tiene una metralleta.

Fue tarde, Gorilón disparaba sin tregua, gritando mil improperios contra quien había alertado al Capitán.

Los policías se apresuraron a meter en las celdas a los reclusos que estaban en el patio y que al oír la balacera se arremolinaban tratando de ver lo más cerca posible lo que sucedía en el pabellón C.

Gorilón enardecido continuaba disparando y gritando improperios.

El Capitán hizo una señal a sus hombres, estos retrocedieron y cada quien tomó un lugar estratégico, tomó el altavoz y dijo: – Suelta esa arma y pon tus manos sobre la cabeza, adelante, hazlo para que nadie más salga herido.

La voz de Gorilón se mezclo con el quejido de los reclusos heridos: – Capi sabe que tengo ventaja, muchos de los sapos ya están boqueando, al viejo Tobías lo voy a dejar hasta que usted se arriesgue a entrar.

El Capitán guardó silencio, se iba acercando lentamente, ya estaba muy cerca de la reja.

El Gorilón gritó: – Capi, tengo las manos llenas de sangre calientita y me las estoy lamiendo para después mearme en la geta del...

Gorilón fue interrumpido por una bomba lacrimógena que lanzó el Comandante, esto enfureció más al Gorilón.

Gran cantidad de reclusos se abarrotó contra la reja intentando salir, pero el Comandante y sus hombres les cortaron el paso.

El Capitán trató de detenerlos pero todo fue en vano, el pabellón C se convirtió en un infierno.

El Comandante y sus hombres dispararon sin contemplación alguna.

Gorilón se atrincheró en una de las celdas.

El Capitán preguntaba afanosamente por Tobías, pero solo escuchaba quejidos y lamentos.

El Comandante y sus hombres continuaron disparando como si estuvieran poseídos.

El Capitán cayo muy mal herido junto a la celda donde se encontraba Gorilón, en ese momento escuchó al Comandante que dijo: – Estúpido, ¿dónde está Tobías?

– "Comi", yo solo hice lo que usted me ordenó.

El Capitán unió más aún su cuerpo al de los muertos que estaban junto a él, no se movió un ápice, más pues si el Comandante se percataba de su presencia, podía darse por muerto, ahora estaba seguro de que aquel hombre tenía que ver mucho con la dolorosa historia de Tobías.

El Comandante apuntó su arma, Gorilón solo balbuceo, la tapa craneal voló mientras la masa encefálica se pegaba a las inmundas paredes y el resto caía y se mezclaba con los excrementos del servicio higiénico que estaba rebozando, los ojos habían saltado de sus órbitas quedando suspendidas sobre las mejillas por una sanguinolenta sustancia que salía de las cuencas.

Tobías entrecerró el libro de su vida, miró a la silueta de luz y preguntó: – ¿Realmente soy yo ese débil y maltrecho anciano que está bajo los muertos y junto al moribundo Capitán?, pero en esta historia solo aparezco dialogando con mi padre, enfrentado con él y sus amistades, un matrimonio con una mujer absurda y la ruptura de un collar de perlas.

La luminosa silueta danzó suavemente sobre la cabeza de Tobías, se posó en su diestra y respondió con dulzura: – Las perlas son lágrimas cósmicas, más el ser humano las ha transformado en joyas muy apetecidas por los potentados, pero nunca olvides que las perlas son llanto y el llanto solo atrae a la implacable tristeza.

– ¡Oh Dios!, mi pobre madre siempre las usó y las atesoró y a pesar de todos sus esfuerzos la tristeza fue siempre su más leal e inseparable compañera, pero aún no me respondes.

– Yo no puedo responderte, ahí tienes el libro de tu vida, continúa leyendo y entonces sabrás que pasó.

El Capitán Jiménez estaba en estado comatoso, esto significaba un duro golpe para los hermanos Albán, el escándalo fue mayúsculo, las durísimas críticas no se hicieron esperar, toda la buena voluntad de los reclusos, sus esperanzas e ilusiones se derrumbaron cual castillo de naipes azotado por un feroz huracán, policías y reclusos se fueron en contra de los hermanos Albán, los culpaban de lo acontecido y por ello se mostraban déspotas y desconfiados.

Los hermanos Albán acudieron al llamado del Capitán Jiménez.

El auto se desplazaba lentamente como si pretendiera retrasar la cita, Miguel Ángel dijo sonriendo: – ¡Ay mi Lady!, el Capitán va a darnos un kilométrico discurso, ya lo oigo diciendo: Miren lo que ha ocurrido, por poco me matan y todo por el ridículo sueño de dos inexpertos soñadores, que imaginaron que podían cambiar la historia, ahora pueden ver los resultados, se los dije que el diablo no sabe por diablo sino por viejo y yo he envejecido entre la carne de presidio y por experiencia se que no se pueden regenerar.

Dayana respondió a su hermano: – En esto tienes razón, nos dirá eso y mucho más, pero los que lo conocen bien dicen que es un viejo testarudo, que ha pasado su vida supervisando presidios, dicen que es tan terco que hasta se ha negado aceptar su ascenso arguyendo que su vida está entre los presos, otros piensan que está haciendo un profundo estudio de ellos, pues es como si buscara una respuesta que aún no encuentra.

Parquearon el pequeño auto, entraron y tomaron el pasillo izquierdo, se dirigieron a la habitación cuatro, al estar junto a la puerta escucharon que la enfermera decía: – Por favor Capitán déjese inyectar, debería sentirse avergonzado de tremenda batalla que tengo que librar cada vez que tengo que aplicarle el medicamento.

El Capitán refunfuñó: – ¿Es que acaso no existe un maldito medicamento que no sea inyectable?

Los hermanos Albán entraron sin anunciarse.

Al verlos el Capitán se sintió pillado y para disimular asumió una actitud severa, se dirigió a la enfermera en tono autoritario: – Por favor retírese.

– No sin antes haberlo inyectado.

Se puso aún muy serio y muy quisquilloso dijo: – No pensará usted hacerlo delante de ellos, ¿verdad?

Los hermanos sonrieron y dirigiéndose a la enfermera dijeron: – Por nosotros no se detenga, nos pondremos de espaldas.

– Ya está.

Ellos se quedaron mirándolo, conteniendo la risa.

La enfermera dijo enojada: – Es increíble que los aterre tanto una simple jeringuilla, le temen más a ella que a un hampón armado.

Ellos no pudieron contenerse, por lo que rieron vivamente.

Al Capitán no le hizo mucha gracia por lo cual dijo: – ¿Jovencitos ustedes estaban esperando que les mande una invitación en letra de oro?

Los Jóvenes respondieron aún riendo: – No diga eso Capitán, lo que paso fue que...

– No fue nada, simplemente que a ustedes no les importa para nada el viejo Jiménez.

– Por favor Capitán si desea llamamos a la enfermera para que le explique.

– No, no, no eso solo son pretextos, que esperan para tomar asiento.

Se sentaron y se quedaron en silencio esperando el sermón.

El Capitán se limito a preguntar: – ¿Qué saben de Tobías?

– Realmente no sabemos si aún vive.

El Capitán a pesar de su delicado estado no tuvo que hacer el más mínimo esfuerzo para quedar de pié, los miró con profundo reproche y dijo: – Siempre pensé que la sangre llamaba.

Ellos se miraron sin comprenderlo, Dayana preguntó intrigada: – ¿Capitán quisiera por favor ser más claro?

– En qué – Respondió él sin inmutarse.

– Usted acaba de decir...

– Lo que quise decir es que usted y yo formamos un buen, bueno, un gran equipo.

Ellos lo miraron intrigados, pero guardaron silencio.

El hizo una mueca de profunda preocupación, suspiró y

acarició su barbilla en forma repetida, metió sus dedos por entre sus cabellos como si intentara peinarlos, se dejó caer sobre las blancas sábanas y hablando consigo mismo repitió:
– Resiste Tobías, resiste, otra vez se nos escapa el desgraciado, pero esta vez se le fue la mano, sí señor.

– ¿Capitán de qué habla? – Preguntó Miguel Ángel.

El sin mirarlos respondió: – Que ustedes y yo formamos parte de este grotesco juego.

Ellos se miraron sin poder comprender nada.

El Capitán continuó diciendo: – Desde hace veinte y cuatro años vengo siguiendo los pasos al miserable que desgració la vida de Tobías y los condenó a ustedes a vivir una farsa cruel e inhumana, condenándolos a aceptar una falsa orfandad.

– ¡Qué!

– Como lo oyen, Tobías es su verdadero padre y mi hermana Mariana la mujer que los trajo al mundo, los Albán urdieron una atroz pero irrefutable patraña, primero fue la supuesta muerte de ustedes junto con mi hermana, luego la simulada muerte de Lucrecia.

Miguel Ángel entornó los ojos, su rostro se endureció.

Dayana se tapo la boca con la mano para no dejar escapar su asombro.

Miguel Ángel dio dos vueltas por la habitación, se detuvo frente al Capitán y con la incredulidad fija en las pupilas dijo: – ¿Está usted diciendo que no somos quienes pensamos que somos?, por favor acuéstese, llamaré a la enfermera, debe usted tener mucha fiebre para delirar de esa forma – Sin dar tiempo o cabida a cualquier otra explicación tomó a su hermana de la mano y se la llevó casi a rastras.

Dayana protestó, pero como de costumbre él se impuso.

Dejó transcurrir un tiempo prudencial y se comunico con su tío el Reverendo K. Popper.

Tras la muerte del Capitán Jiménez, la vida del presidio continuó rutinaria, las horas parecían ser más largas y tediosas, los pocos logros que se habían obtenido fueron desvaneciéndose como el humo, algunos reclusos salieron y otros llegaron.

La mañana estaba gris, amenazaba llover, Dayana se sentía triste, atravesó las rejas y se detuvo en el patio principal, se quedó observando cómo un grupo de presos se agredían, otros deambulaban como zombis, pues estaban totalmente drogados, otros tumbados en cualquier lugar, ebrios de odio, hambre, miseria física y ruina espiritual, eran los despojos de la vida y de la sociedad.

Cuando el Teniente vio que ella se dirigía a los pabellones, hizo una señal a dos guías para que la siguieran a distancia prudencial, esas eran las ordenes de Miguel Ángel.

Dayana se percató de la insistente vigilancia de su hermano, por lo cual decidió poner un parámetro entre ellos y hacer lo que su mente le indicaba, se acercó a la celda y vio al viejo Tobías perdido entre los círculos que formaba con sus pulgares, la invadió una profunda ternura, no le importaba si era mentira lo que el Capitán Jiménez había dicho, solo quería saber quién era él y por qué se encontraba recluido en el infierno de Dante, ordenó al guía que lo llevaran a su oficina, cuando lo tuvo frente a ella suavemente preguntó: – ¿Cuánto tiempo tienes aquí?.

El estaba muy nervioso, levantó por un instante sus cansados ojos, la miró en silencio.

Ella pudo ver en las opacas pupilas el profundo temor que invadía el ser del pobre anciano, ella solo atinó a decir: – No temas, no voy a hacerte ningún daño, solamente quiero saber cuántos años has pasado en prisión.

El anciano bajo la cabeza y empezó a hacer círculos con los pulgares y balbuceó algo que ella no entendió.

Insistió en la pregunta, la patética y profunda tristeza del anciano, la conmovió al punto de hacer que sintiera un grueso nudo en la garganta, sin poder controlarse tomó las manos de Tobías y las oprimió con ternura, le pareció estúpida la pregunta que había formulado, con voz pausada dijo: – ¿Quieres contarme tu historia?.

El guardó silencio.

Ella insistió: – Se que has sufrido mucho y no me importa si eres inocente o culpable, todo lo que deseo es mitigar tu angustia y tu dolor, confía en mi te lo suplico.

El anciano la miró un instante, agachó de nuevo la cabeza y con voz trémula dijo: – ¿Por qué una joven tan hermosa como usted quiere escuchar la triste historia de este pobre viejo?

Ella entornó sus ojos y respondió: – Porque eres un maravilloso ser humano, con cualidades y defectos y si cometiste un error, siento que ya lo pagaste, quiero ayudarte a encontrar tu yo interior, para que los dos luchemos hasta lograr demostrar que ya pagaste la deuda que pudieras haber tenido con la putrefacta justicia, con la soberbia sociedad, quiero que liberes tu alma, mente o psiquis, te ayudaré a recuperar tu más preciado tesoro como es la libertad.

Tobías la miró con desconfianza.

Pero ella insistió, habló, habló hasta que él perdió el temor.

El dejó de hacer sus aros, suspiró profundo, su desdentada boca simuló una infantil sonrisa y sin más preámbulo comenzó a narrar su historia: – Amaba profundamente a mi esposa, ella era muy difícil, pero aún así lo intente todo para hacerla feliz, ella me culpaba por no embarazarse, nunca aceptó que era ella quien no podía concebir, fuimos de un especialista a otro, pero todo fue inútil, llenó ese profundo vacío con perros de raza, nuestra vida se fue convirtiendo en un infierno, ella no permitía que la tocara en ningún sentido, era tanto su resentimiento contra mí que decidió no compartir más conmigo la habitación matrimonial, quise hacerle entender que estaba asumiendo un comportamiento irracional, ella alegó que no era un objeto sexual y menos para mí, sostuvo relaciones intimas con muchos hombres, pues estaba segura que yo era el estéril. Le propuse la adopción, se puso histérica y me respondió que jamás aceptaría un bastardo en su casa, pues ella quería sentir los estragos del embarazo y sentir como la criatura crecía y se movía en su vientre, trate por todos medios de mantener el matrimonio, pues comprendía que mi esposa estaba totalmente desequilibrada, pero nada de lo que hice dio resultado, ella se adentró en el oscuro mundo de la demencia; su familia me culpaba por ello.

Desde que nos casamos su padre me pedía unos documentos que según él, mi madre al morir me había dejado, pero yo nunca supe de que documentos me hablaba, yo sabía que mi esposa era manipulada por su padre y hermanos.

Conocí a Mariana y nos enamoramos sin darnos cuenta,

ella era muy joven, bella y tan llena de alegría, era un ser tan positivo, tan lleno de luz que cuando le contaba mis problemas ella solía decirme: Equilibra tu energía, mezcla lo amargo con lo dulce, de esa forma la miel no te empalagará y lo amargo no te hará vomitar, no hieras pero tampoco te dejes herir, guarda el equilibrio, busca en el recóndito de tu mente ese ser de luz que habita en ti, aprende a dar y a recibir, pues esa es la sagrada ley de la compensación, pues si no actúas de esa forma te desequilibrarás, te hartarás de ti mismo, por ende serás un ser autodestructivo.

– ¿Cuando conociste a Mariana aún estabas casado?

– No, ya hacía mucho tiempo que me había divorciado, pero ante el padre de ella simulábamos, pues a pesar de su demencia ella quería protegerme, aún cuando hasta ahora no entiendo por qué su padre me destruyó.

Tobías cerró el libro de su vida, miró al ser de luz y con lágrimas de sangre, empapado en angustioso sudor dijo: – Por caridad aparta de mí esta tenebrosa historia, dijiste que si lo deseo puedo rescribirla, eso es lo que haré.

El ser de luz lo miró con profunda ternura, pero dijo con firmeza: – Debes terminar de leerla caso contrario no sabrás que final querrás ponerle a tu nueva historia, no te angusties Tobías, hace mucho tiempo vino a este azul planeta un hombre llamado Jesús y también sintió la angustia de muerte que tú estás sintiendo, pero llamó a su padre y entonces supo qué hacer, ahora todo lo que tienes que decir es: Amado Jesús, sin ti no soy ni una pobre hoja seca azotada por el viento, ni un granito de arena de este inmenso desierto, no soy nada, no soy nadie, pero si tú estás conmigo soy un maravilloso ser energético porque tú me conduces por el camino de luz, me abres la puerta de luz y tras ponerme delante de mi padre celestial, te sentarás a su diestra mientras yo deposito junto a EL toda mi carga de angustia, mis temores, mis problemas grandes y pequeños y sintiendo que es mi padre y dueño de todo lo creado diré: Padre mío tú que eres el Alfa y el Omega, el que todo lo sabe y puede, no vengo a pedirte un pan, quiero la panadería, todas las hectáreas para sembrar el trigo, quiero todos los peces del río y del mar, quiero ver el trigo maduro creciendo, quiero ver las espigas dobladas regalándonos su alimento, padre, quiero alimentar a cada ser humano, a cada ser viviente, quiero ir por la vida que me regalaste sembrando ilusiones, sueños y esperanzas, quiero ser luz en la oscuridad, quiero ser una inagotable fuente de energía positiva, creativa, curativa, quiero ser arriero, pastor, pero sobre todo quiero ser pescador, quiero amado padre regular la energía de tu creación, soy luz, camino por la luz, conduzco a todos por el camino de la luz, de tu luz y tu verdad porque soy tu creación, porque yo soy la ley del perdón y la llama de luz que trasmuta toda energía negativa, convirtiéndola en energía positiva para toda la creación de mi Divino Creador.

Tobías se sintió confundido, miró al ser de luz y dijo:
– ¿Acaso no es la humildad la que nos hace dignos de estar en la presencia de Dios nuestro creador?

– Si Tobías, es la humildad, pero no confundas humildad con hipocresía, porque solo el que pide con verdad recibe lo que realmente desea.

Tobías abrió los ojos y mirando a Dayana continuó diciendo: – Ella era como una niña, me pidió que la llevara a Europa a pasar unas vacaciones, así lo hice, ella salía a corretear por la playa en compañía de sus perros, a mi me ignoraba por completo, aquella noche la cabaña estaba fría, ya comenzaba el invierno, coloqué los leños en la chimenea, me acerque a la ventana y vi como la nieve comenzaba a caer lenta y pulverizada, me acerqué a Lucrecia.

Dayana palideció y como movida por un resorte se levanto y preguntó casi con angustia: – Cuál era el apellido de esa mujer.

– Albán – Respondió el anciano sin percatarse del profundo impacto que ese apellido produjo en la joven.

Se altero, lo tomó de las manos.

Tobías sintió el frenético temblor, la miró asustado.

Ella respiró profundo tratando de calmarse y con la voz entrecortada le pidió que la describiera.

Tobías no solo la describió a ella sino a su padre y

hermanos.

Ella se llevó las manos a la boca para contener su grito, lucho con todas sus fuerzas hasta retomar su control, cuando puso de nuevo su atención en el anciano, este estaba sumergido en los aros que hacía con sus pulgares, se acercó con temor, pues eso significaba que el Capitán Jiménez no había mentido, por ende su vida y la de su hermano eran una burda farsa, pero tenía que enfrentar la verdad por cruel o nefasta que fuera, tomó de nuevo las manos del anciano y en tono de súplica dijo: – Por favor cuéntame todo lo que ocurrió esa noche.

El anciano se llevo las arrugadas manos al rostro y sollozando repitió: – No, no, no quiero recordarlo.

Tobías entró en una fuerte crisis nerviosa.

En ese momento entró Miguel Ángel, miró a su hermana con furia contenida y ordenó que encerraran a Tobías.

Dayana se opuso.

Él le recordó que ella solo era su asistente.

Dayana lo miró desafiante.

Por un momento el se sintió descubierto, por lo cual hizo acopio de cordura, se disculpó con ella, sugirió que Tobías fuera trasladado a un hospital psiquiátrico.

Ella respondió: – ¿Me crees tan incompetente como para no poder controlar una simple crisis de nervios?

El se descontroló de nuevo por lo que dijo en forma airada: – No seas terca, este individuo es un demente y un peligroso criminal.

La opaca mirada de Tobías se tornó en centellante y enfrentando a Miguel Ángel respondió categóricamente: – Todos saben que soy inocente, todo fue urdido por el Reverendo K. Popper.

Dayana miró interrogante a su hermano.

El palideció, pero se repuso con rapidez diciendo: – ¿Te das cuenta que este pobre anciano está totalmente demente?

– No querido hermano, esta vez no me impondrás tu voluntad porque he ahí el hombre y por su boca saldrá la verdad y nada más que la verdad, sabías que él estaba aquí y fue ese el único motivo por el cual aceptaste venir, lo que aún no entiendo es por qué tu y nuestro amado tío K. Popper decidieron incluirme en sus planes.

Miguel Ángel rió irónico y dijo sarcástico: – Querida vas a descubrir que el agua moja, siempre te creíste muy lista, pero eres tan estúpida como ese despojo humano que ves ahí y que es tu padre.

Dayana contuvo la respiración, parpadeo, movió la cabeza de un lado a otro, sin comprender lo que Miguel Ángel acababa de decir.

El la tomo por los hombros y dirigiéndose al anciano dijo burlón: – He ahí a tu hija, ahora su presente y su futuro solo está en tus manos, si no me dices donde están los documentos que acreditan a mi tío K. Popper de lo que tú sabes y por maldad no has querido decir, entonces ella correrá tu misma suerte.

En ese momento apareció frente a ellos el cruel, malvado y prepotente Reverendo.

Tobías palideció y Dayana no pudo articular palabra.

El Reverendo miró con profundo rencor a Tobías y dijo: – ¿Recuerdas la noche que regresaste de Europa?, ¿acaso ya olvidaste aquellos tres cuerpos despedazados sobre ese gran charco de sangre?, Mariana y tu hijo murieron, pero ella se salvó porque en su lugar mataron a una pequeña que tu amada Mariana había recogido, pero dio la casualidad que aún no había encontrado un hogar para ella, tomé a tu hija y se la entregué a mi hermana quién la crió junto a Miguel Ángel, la muy estúpida nunca hizo diferencia entre ellos, pero eso no importó porque a ella solo le quedaban meses de vida, cuando la infeliz murió, Lucrecia Albán los adoptó y es por eso que llevan su apellido.

Tobías dijo con voz pausada: – Eso no puede ser verdad, porque Lucrecia murió dos días después de que murió Mariana y mis hijos.

El Reverendo lo vio con infinita crueldad, para terminar diciendo: – Siempre fuiste un estúpido, en ningún momento te detuviste a observar el cadáver que apareció en la cabaña, pues si lo hubieras hecho te habrías dado cuenta que esa mujer solo tenía el cabello y la estatura de Lucrecia, pues yo mismo compré el cadáver, desfiguré su rostro y el resto de la historia ya la sabes, pero espero que al saber que ella es tu hija y la de Mariana, decidas ordenar que me entreguen los documentos que tu madre te dejó.

Tobías respondió con lágrimas en sus ojos: – Destruiste la vida de seres inocentes junto con la mía por algo que solo está en tu imaginación diabólica, ustedes impugnaron lo que ella testó y yo lo acepté.

Los ojos del Reverendo refulgieron como los de una atroz fiera al decir: – Maldito viejo te llevarás a la tumba el secreto, pero tu hija pagará por tu obstinación, sin más tomó el arma y disparó contra Miguel Ángel y luego contra Tobías.

En agonía escuchó como el Reverendo culpaba a Dayana por las dos muertes, mientras su espíritu flotaba sobre el penal vio como su hija luchaba en vano por defenderse de la infamia que el Reverendo había arrojado sobre ella, él había hecho lo mismo pero de nada había servido, vio un pálido y demacrado rostro de aquellos infelices, vio como todos aquellos ojos la interrogaban en silencio, vio como ella hacía acopio de las pocas fuerzas que le quedaban, vio como la sacaban a la fuerza mientras los presos se retiraban de las rejas.

Uno grito: – Ella no es basura como nosotros, la basura debe estar en su lugar para que no contamine a la sociedad.

Ella respondió: – Gracias y no olviden que somos seres humanos con deberes y derechos, soy inocente y regresaré para continuar luchando.

El espíritu de Tobías luchaba inútilmente por retornar a su viejo cuerpo y gritar la verdad de lo ocurrido, se desató una feroz tormenta que no era otra cosa que la impotencia de su espíritu que se revelaba ante aquella nueva injusticia.

EL TEMOR

Tobías cerró el libro de su aterrante historia y en silencio miró al ser de luz, este le entregó un bello papiro.

Tobías lo apretó contra su pecho y dijo: – Escribiré la más hermosa historia, se que te gustará.

La silueta de luz se fue desvaneciendo mientras Tobías escuchaba la música que no se la puede arrancar a ningún instrumento hecho por el hombre, sintió como iba traspasando los aros de luz, abrió los ojos y se vio en un hospital, junto a él se encontraba el Reverendo K. Popper y la mujer de buen vestir que estaba en el templo y que abogó por él para que le permitieran terminar de hablar.

Se acercó aún más la dama y dijo: – Soy Lucrecia Albán y trabajo en el mismo psiquiátrico donde tu padre es el Director, acaba de irse, pero lo llamaré para que sepa que ya despertaste.

El corazón de Tobías se aceleró.

El Reverendo llamó a la enfermera.

Ella se acercó, era joven, los ojos almendrados con piel aporcelanada, cabello negro y brillante, era realmente hermosa.

Tobías le tomó la mano y dijo: – Te llamas Mariana, ¿verdad?

Ella sonrió con profunda ternura y respondió: – Si, también soy jefa de esta área, quiero que descanse, a ustedes les ruego se retiren.

Lucrecia Albán montó en cólera, insultó a la enfermera e intentó agredirla físicamente, pero ella no se inmuto.

Tobías sintiéndose totalmente recuperado y en casa de su padre, se levanto lentamente y se dirigió a la ventana, miró hacia abajo, los autos se le antojaron de juguete, las personas muñecos de cuerda que iban de un lado para otro, recordó al ser de luz y su Ya Leída Historia, un frío de muerte recorrió su cuerpo y entonces pensó: ¿Qué sería de los presidiarios que nunca tuvieron la maravillosa oportunidad de rescribir su historia?, miró al cielo cuajado de estrellas y mentalmente repitió: Gracias donde quiera que estén por darme la oportunidad de tener un mañana mejor.

– Tobías, ¿por qué estas tan pensativo? – Preguntó el padre sacándolo de sus pensamientos.

El respondió: – Tan solo observaba la ciudad, ¿padre qué harás este fin de semana?

– Pues justamente iba a pedirte que nos invitaras a la hacienda la Libertad, pues tu madre nunca quiso que fuéramos y la verdad me muero por conocerla y hacer una formidable reunión de buenos amigos, te aseguro que la pasaremos muy pero muy bien.

Tobías miró a su padre y comprendió que era un ser más frívolo de lo que él había imaginado, sonrió comprensivo y respondió: – Como tú quieras papá.

La vieja Meche miraba en forma discreta pero insistente a Tobías, pues aún no lograba entender que había pasado realmente con él, ¿de verdad sería brujo?, pero sí lo era, ¿por qué él no sabía todo el horror que encerraba la hacienda?, la pobre vieja ya no sabía que pensar.

Juan, Perico y demás hombres, fueron enviados por el Reverendo K. Popper al siniestro fondo del bosque, para reforzar la vigilancia hasta que Tobías le firmara los documentos y le dijera lo que él quería saber.

Mientras todos se divertían a morir, Tobías sintió la imperiosa necesidad de estar solo, salió por la puerta trasera para no ser detenido por algún invitado, camino rumbo al embarcadero, subió al yate, este se deslizó suavemente por las tranquilas y claras aguas del río, se detuvo donde el agua dulce se mezclaba con la sal del mar, se quito los zapatos y bajó, al sumergir sus pies en el agua sintió como una maravillosa energía entraba por la yema de sus dedos, se puso a orar y a meditar frente al inmenso mar, se quedó observando cómo las olas iban y venían uniéndose con pasión y ternura para luego dialogar con el cosmos sobre las penas y alegrías de los pobres seres humanos, caminó un poco y vio como una roca era azotada por las olas del enfurecido mar, allí no había ni diálogo ni ternura, era una feroz discusión, entonces comprendió que el mar es un gigantesco campo magnético, que ruge furioso cuando la madre naturaleza le impone un obstáculo; es entonces cuando él le demuestra su poder.

– ¡Eso es! – Exclamó Tobías como si al fin encontrara la semejanza perfecta, así es la mente de los seres humanos, dentro de ella también bullen sentimientos encontrados, suspiro profundo y dijo: – Pobre mar, también él tiene una infinita ansia de libertad, miró al infinito y vio como el manto de la noche empezaba a recogerse, dando paso a las primeras luces del nuevo día, allí también encontró la semejanza con la mente, pues en cualquier momento nuestra mente se obscurece con horribles y tristes pensamientos, para luego retirarse y dar paso a nuevas esperanzas.

Caminó con paso firme, pues en su mente tenía muy claro el recorrido que tenía que hacer, sin fatiga ni temor se adentró en el bosque, allí encontró a un grupo de seres de luz blanco satín que en silencio lo condujeron a la cima de la mina.

Tobías quedó atónito, aterrado, pudo ver claramente a un sinnúmero de personas encadenadas, miró a los seres de luz y dijo: – Bajaré e investigaré que significa todo este horror, no sé por qué en mi Ya Leída Historia no apareció nada de esto.

Los seres de luz en forma telepática le respondieron: – Porque este es el momento de empezar tu nueva historia, tu cuerpo material no debe bajar, pues si lo hicieras te atraparían con todo y mente, colócate en posición astral, tendrás un desdoblamiento por lo cual te enteraras de todo.

Tobías obedeció, empezó a sentir como su cuerpo se hacía cada vez más y más liviano, vio maravillosos colores, descendió plácidamente, pero su alma se llenó de estupor al ver jóvenes, ancianos y niños sometidos a una dolorosa esclavitud, vio rostros macilentos y una capa de piel transparente que cubría sus esqueléticos cuerpos, vio como eran vejados, torturados y el escarnio iba más allá de lo humanamente soportable, vio a Juan y a Perico con todo un ejército de hombres, vio al Reverendo K. Popper riendo y disfrutando de la tortura que aplicaban a un grupo de hombres, mujeres y niños cuya contextura aún no estaba en tan lamentable estado, pues de sus cuerpos aún emanaban sangre roja, mientras los otros solo botaban un líquido rosado y ya no tenían aliento para quejarse; su indignación lo hizo regresar en forma brusca.

Los seres de luz dijeron: – No te precipites, no actúes por instinto, pues eso es lo que conduce al ser humano a cometer tantos errores, tranquiliza tu energía, ordena tu mente, pues de esta forma ella te mostrará el camino firme y seguro, nunca hables para pensar y no actúes para luego tener que arrepentirte, porque hay hechos que son irreversibles, cuando un cristal se rompe tal vez pueda restaurarse, pero él jamás volverá a ser el mismo que era antes de romperse.

Los seres de luz se marcharon dejando a Tobías sumergido en una profunda reflexión, su instinto humano le indicaba que debía aplicar la ley del Talión: Ojo por ojo, diente por diente, el nunca había sido vengativo por lo cual la ley del Talión con él no funcionaría, su mente se quedó en blanco negándose a aceptar la brutalidad del ser humano, vio los seres luminosos, vio como su impecable y maravillosa luz entraba por su nariz deslizándose por su garganta.

Escuchó la voz de la montaña que con firmeza dijo: – Son mis entrañas las que K. Popper y sus hombres han violentado, es mi regazo el que se está manchando con sudor, lágrimas, sangre y horror de seres inocentes, solo necesitaba la maravillosa energía que está fluyendo de ti, porque estoy saturada de energía negativa, como comprenderás un negativo no funciona sin un positivo y viceversa.

La unión de energías se produjo, el viento tomo forma de manos cristalinas liberando a los oprimidos, la montaña succionó a K. Popper y sus hombres, las cristalinas manos del viento cerraron al maltrecho vientre, abriendo pequeñas ventanas por donde se asomaban las aterradas cabezas de K. Popper y sus aberrantes compañeros.

Las voces del viento dijeron con firmeza: – Sus cuerpos físicos permanecerán por siempre tratando de encontrar el camino de luz, porque el ansia de libertad de sus espíritus no dejará de atormentarlos.

El cielo tomó un color blanco satín y desde lo más alto y profundo del Universo, descendieron los siete rayos de luz, que al tocar la cabeza de Tobías se convertían en aros luminosos cubriendo la montaña, esta pujo como puja la mujer al parir su amado vástago, los que allí habían muerto en forma ignominiosa nacieron de nuevo, como nueva quedo la mente de todos los cautivos.

Tobías se sentía el ser más feliz de este planeta, los seres ultraterrestres lo habían elegido para equilibrar las energías, oró bajo la montaña con el firme propósito de impartir justicia, amor, paz y libertad entre los hombres, repartió todos sus bienes entre los menesterosos.

Era una tarde fría en un País cualquiera, Tobías frotó sus huesudas manos, aún no comprendía por qué después de haber hecho tanto bien a la humanidad doliente, él no era más que un menesteroso más, pero se dio fuerzas pensando que ya era hora de que le llegara la ley de la compensación, no solo por él, sino por el sinnúmero de personas que a él se acercaban en busca de solución a sus problemas económicos, pues el cuerpo físico se mantiene a base de materia, cuando el ser viviente no puede satisfacer sus necesidades materiales su espíritu se entristece, se angustia, es como cuando dejamos una planta dentro de un macetero, esta puede estar recibiendo el aire, el sol, pero si no la regamos podemos observar como la tierra reseca, absorbe lentamente los nutrientes de la atrapada planta, pues si hay algo que no perdona la ley de la compensación, esa es la tierra.

El pobre Tobías aún no comprendía esa sagrada ley, él pensaba que lo correcto era dar sin pedir nada a cambio, pero ahora se sentía como la planta del macetero, todos habían tomado sus frutos, pero hasta el momento nadie le había tendido la mano, al contrario, quienes trabajaban alegremente a su lado se habían ido retirando bajo cualquier pretexto, pues vieron que el ya no podría pagar el buen salario que había estado pagando, no tomó muy en serio su problema económico y ya este era irresistible y era por eso que se encontraba haciendo una larga cola para lograr una audiencia con un señor Ministro, le explicaría que su causa era noble y verdadera, estaba seguro que el señor Ministro comprendería que el solo no podría continuar sosteniendo el orfanato, el asilo de ancianos y la casa del moribundo.

Tras larga y tediosa espera, Tobías fue recibido por una mujer gorda, pequeña, déspota, que usaba lentes cuales cascos de botella, Tobías intentaba ser amable.

Ella dijo displicente: – Tome, tome su cita y que pase el

siguiente.

Tras muchas idas y venidas y de ir de una oficina a otra, al fin logró hablar con el famoso Ministro, quien en forma rápida le comunicó que el gobierno hacía lo que más podía respecto a las obras sociales, tomó la llamada telefónica que le pasó su Secretaria y comenzó un largo y risueño diálogo.

Tras casi una hora de espera, se levanto para ver si de esa forma el Ministro recordaba que él estaba allí, el hombre continuaba hablando y riendo, ignorándolo por completo, pero Tobías continuó esperándolo pacientemente.

Cuando terminó su larga e improductiva visita telefónica, lo miró indiferente y dijo: – Muy bien mi estimado, usted y yo ya no tenemos nada más que hablar.

Tobías intento hacerle entender que no le había dado tiempo de decirle lo que a él le interesaba.

El Ministro se limitó a decir a su Secretaria: – No más audiencias ni llamadas, en cinco minutos tengo una reunión.

Salió meditabundo y cabizbajo, caminó bajo la lluvia, en forma maquinal se quitó los zapatos y remangó las bastas de su pantalón, el glacial frío no lo sentía en su cuerpo, pues ya se le había clavado en el alma, pero aun no entendía ni aceptaba lo mayúsculo de su error, el había regalado todo su dinero, todos sus bienes y ya era hora de enfrentar la triste realidad, pues sin dinero el ya no era nada ni nadie, había confundido las Sagradas Leyes Cósmicas con las clásicas enseñanzas religiosas, olvidó que la ley de los humanos es DIME CUANTO TIENES Y SEGÚN ESO TE VALORO.

Las cuentas y sobregiros no paraban de llegar, ya no tenía ni un solo empleado, pero aún así no se sentía o no quería sentirse derrotado. Se dirigió al banco para aclarar lo de los sobregiros, pues tenía que haber algún error, la fortuna que su madre le había dejado era exageradamente grande, ¿cómo era posible que estuviera sobregirado?, la situación se le antojó totalmente ridícula, todo lo que había hecho era dar a los menesterosos y a tantos desposeídos.

Lo que no parecía entender Tobías, es que este mundo está lleno de menesterosos y cómodos desposeídos, que en cuanto encuentran a un buen y tonto samaritano le sacan hasta el alma sin pudor alguno, por más inmensa que sea una fortuna nunca por nunca va aguantar solo la extracción del capital, a Tobías se le hacía muy fácil regalar, tomando como pago el ver caras felices y llenas de falsa gratitud.

Entró en uno de los bancos y en forma gentil preguntó su saldo.

Ella pidió los datos, observó la pantalla y dijo: – No tiene fondos.

El la miró incrédulo por lo cual le repitió su nombre, apellido y su número de cuenta.

Ella lo miró irritada y cortante respondió: – Le dije que no tiene fondos.

Parpadeó incrédulo, quiso hacer otra pregunta pero ella se levantó, se retiró dejándolo con la palabra, pensó un instante y se fue a otro banco, la respuesta y el trato fue el mismo que en el anterior. Se fue directo donde don Aurelio Molestina, él era el único que podía aclararle la absurda situación.

Don Aurelio se encontraba en una reunión por lo cual no podía ser interrumpido, tras larga espera vio salir a don Aurelio, se acercó, antes de que Tobías pudiera preguntar dijo sonriente: – Qué pasó contigo estas totalmente sobregirado y ya no tienes ni una sola propiedad, yo ya no puedo hacer nada más de lo que he hecho, no sé en qué planeta has estado viviendo – Se dirigió de prisa hacia el ascensor.

Los hombres de seguridad se acercaron a Tobías, el policía dijo sin ningún miramiento: – Esta usted detenido por girar cheques sin fondos.

Don Aurelio no se inmutó, se limitó a entrar al ascensor con un grupo de hombres de negocios.

Tobías no opuso ninguna resistencia, las ruidosas rejas se cerraron tras él, entró en la celda, los otros presos se encontraban en el patio, caminó de un lado a otro y sintió como si despertara de un dulce letargo para entrar a una horrible y tenebrosa pesadilla, todo se obscureció.

Tobías vio una blanca paloma que volaba sobre su cabeza formando los siete aros de luz, escuchó la música que solo él podía escuchar, levantó las manos mientras la luz lo absorbía, los guías penitenciarios se quedaron absortos frente a la maravillosa luz que expelía la paloma, cuando el mágico instante pasó, entraron a la celda, buscaron afanosamente al detenido, luego se miraron entre sí, pero ninguno se atrevió hacer comentario alguno.

Tobías despertó sobre un césped verde y mullido, escuchó la cascada que se mezclaba con el murmullo del mar, miró hacia todas partes, todo era tan bello que pensó que el lugar era parte del cielo, los colores de los árboles, las flores y el follaje en general eran totalmente diferentes a los que él había visto, sintió temor de moverse y que todo desapareciera, retuvo la respiración, si esto era la muerte él no quería regresar al hostil mundo de donde alguien lo había rescatado, vio las satinadas y multicolores mariposas que se posaban sobre su desnudo cuerpo, se levantó muy despacio y vio un sinnúmero de pájaros dorados, plateados y otros totalmente tornasol, se colocaron en una forma ordenada hasta formar una calle de honor que conducía hacia la cascada, las mariposas se retiraron formando un perfecto círculo, se miró y vio que su cuerpo estaba cubierto por un traje tan suave y aún más delicado que su propia piel, era dorado como el mismo sol, las mariposas se alinearon y él decidió seguirlas, al llegar frente a la cascada pájaros y mariposas fueron a posarse sobre lo más alto de los formidables árboles, las hojas centellaron como centellea el cristal que se expone al sol, miró la cascada, movió de un lado a otro la cabeza, el agua era multicolor y caía en forma soberbia, miró la laguna, vio como los peces tomaban un color contrario al de la cascada, contrastando el verde con el rojo, el dorado con el plateado y así simultáneamente, era como si una exigentísima musa estuviese haciendo su obra de arte; pero deseaba que fuera más allá de lo magistral.

Tobías estaba perplejo frente a tanta belleza junta, suspiró profundo, pues tenía mucho miedo de que todo fuera una fantasía, un sueño de su atormentada mente, decidió arriesgarse, entonces metió las manos en el agua, al hacerlo sintió que algo lo aló con fuerza, perdió el equilibrio y cayó dentro de la laguna, quiso emerger pero no pudo, sintió como una tibia energía lo arrastraba hacia lo profundo, le sorprendió que él pudiera respirar sin dificultad alguna.

Luego escuchó una armoniosa voz femenina que dijo:
– No temas estoy junto a ti.

El sintió que una dulce y tierna emoción embargó todos

sus sentidos, vio los más preciosos cristales, el agua fresca envolviendo alma, mente, cuerpo, sin herir sus ojos, permitiéndolo disfrutar lo maravilloso de cada especie, real y sub-real, escuchó la música que no puede ser arrancada de instrumento alguno; puesto que va más allá de lo genial. Se vio parado en un valle cuyo colorido no se podía descifrar, ni describir, ni siquiera se podía comparar con el caprichoso arco iris, el aroma era el perfume soñado, codiciado por cada ser viviente, era sutil, pero despertaba todos los sentidos.

Tobías estaba absorto, escuchó la voz que en susurro le dijo: – Camina de frente y sumérgete en los rayos de luz.

El hizo lo que la voz le ordenó, entonces vio a la mujer cuya belleza ningún pobre humano podría imaginar, ella era el deseo largo e interminable con el que todo hombre sueña y busca en cada mujer, se envolvieron piel a piel, vibraron y palpitaron girando como una sola energía, se tomaron de las manos, él la miró embelesado sin atreverse a preguntar quién era.

Pero ella respondió sonriendo: – Soy el amor de pareja y estas en la casa del amor universal, ahora ve por el camino de luz blanco satín, al final encontraras las puertas, estas se abrirán para ti y tras ellas encontrarás la sabiduría eterna y profunda.

El como cualquier humano pretendió quedarse con ella.

En tono suplicante le dijo: – Deja que me quede junto a ti por y para siempre, seré tu esclavo o lo que tú desees que sea.

Ella respondió con una dulce sonrisa: – No Tobías, el amor no esclaviza, ni hiere, ni manipula, no temas ve a la casa de la sabiduría, solo así lograrás entender el por qué de tu existencia.

Un hombre de dorada piel le indicó el camino.

Tobías agachó la cabeza sin comprender el por qué tenía que separarse de ella, con el paso lento y el temor reflejado en el rostro emprendió el camino, no escuchaba ningún sonido, eso lo atemorizó, miró hacia atrás y solo vio oscuridad, su mente se confundió y quiso retroceder.

Una voz de trueno dijo: – Si das un solo paso atrás, quedarás atrapado por y para siempre en el oscuro laberinto de tu débil mente.

Tobías se dio cuenta que tras cada paso que daba el camino de luz se iba borrando, caminó más de prisa, pues su alma se llenaba cada vez de más y más angustia, pudo escuchar los latidos de su corazón, se detuvo.

La voz de trueno lo incitaba a continuar.

El se sintió paralizado, petrificado, pero no lograba entender a que le temía tanto, un sudor frío y pegajoso empezó a empapar todo su cuerpo.

La voz de trueno dijo sentenciosa: – Si permites que una gota de tu salino cuerpo caiga, tendrás muchos problemas, vence tus temores y tus miedos ocultos, solo así lograrás llegar a las puertas y entrar a la casa de la sabiduría eterna y profunda.

La mente de Tobías fue invadida por el atroz recuerdo de su Ya Leída Historia, para luego mezclarse con las imágenes del Reverendo K. Popper y su grupo de matones, la gota de sudor cayó, al hacerlo cayó en un túnel de aterrante oscuridad; Tobías fue tragado y sumergido en su temor.

Escuchó que los guardias decían le repito que ese tal Tobías no se encuentra aquí.

La inconfundible voz de Lucrecia Albán lo hizo estremecer.

– ¿Acaso imaginan que soy tan estúpida para creer en la palabra de unos pobretones como lo son ustedes?, quiero que lo saquen de inmediato, es una orden, mi padre ya pagó la fianza, dense prisa

Los guardias se miraron entre sí, ¿qué explicación le podrían dar a la neurótica mujer?, ¿quién iba a creerles lo que había pasado con el detenido?

Tobías sintió una mortal angustia, pues ahí estaba el personaje de su Ya Leída Historia, su espíritu se reveló y grito: – No, no, esto no es justo, hice lo que me pidieron, pero ahora siento que solo han jugado conmigo, les aseguro que su juego es aún más cruel que el de cualquier ser humano, espero una respuesta – Por entre la reja intentó ver el cielo, miró a uno y otro lado de la celda buscando la luz, pero solo vio el sucio de las ruinosas paredes, busco en el asqueroso piso, sintió que una corriente helada lo recorrió por dentro y por fuera, escuchó la burda carcajada de los guardias, fue entonces cuando se percató de la desnudes de su cuerpo, sintió una profunda vergüenza, desilusión desencanto, una atroz rebeldía se le clavó en el alma, dos gruesas lágrimas rodaron por sus mejillas, parpadeó y vio como los seres de luz luchaban por traspasar aquel oscuro túnel.

Tobías colocó sus manos sobre sus húmedos ojos y gritó: – Todo esto no es más que el producto de mi pobre y enferma mente – Salió de la cárcel en compañía de Lucrecia Albán.

Ella se sentía muy satisfecha.

El iba en absoluto silencio.

Ella no era persona discreta por lo cual dejo escuchar su chillona y autoritaria voz: – Supongo que tendrás una lógica explicación para ofrecerle a tu padre, pero yo si pienso que tu conducta ha sido totalmente demencial, pero no te preocupes querido, yo te apoyaré.

Al llegar a su País de origen se sintió aún más triste, el se había ido lo más lejos posible para no correr el riesgo de que el destino le pusiera una trampa, ¿pero de qué le había valido?, suspiró profundo, hizo un gesto de resignación, recordó a su pobre madre y dijo para sí: Estoy más demente que tu, al menos en tu demencia no malbarataste tus bienes, yo en cambio me dejé arrastrar por mis desmesuradas alucinaciones.

Lucrecia intentaba que él dialogara, pero todo fue inútil, ella no pudo controlar su temperamento por lo cual dijo cortante: – Lo menos que puedes hacer, es ser un poco más cordial, ¿acaso piensas que mi padre y yo tenemos alguna obligación contigo?

El se limito a responder: – Yo no pedí ayuda.

Ella se puso histérica y de inmediato dijo: – Estúpido, cretino ¿acaso no entiendes que fue mi padre quién pagó todas tus deudas y tu fianza?, eres un pobre y triste malagradecido.

La terminología de Lucrecia trajo a su mente el recuerdo de su Ya Leída Historia, movió de un lado a otro la cabeza desechando la probabilidad, esa terminología podía tenerla cualquier persona, además él se encontraba bajo otra circunstancia, pensó que realmente se estaba comportando como un patán, ella y su padre eran buenos amigos de su padre e incluso ella practicaba la misma religión de su fallecida madre, la miró por un instante y dijo: – Discúlpeme, pero en realidad aún no logro entender mi extraño comportamiento, tengo que estar muy enfermo para actuar de forma irracional como lo he hecho.

Ella se sintió muy bien, sonrió y con un tono de voz casi infantil dijo: – No Tobías discúlpame tú a mí, soy una tonta horrorosa, mira que perder de una forma tan tremenda la compostura, ¡oooh!, qué horror, que estarás pensando ahora de mí.

El respondió gentil: – Solo puedo pensar que usted es una bella persona a la cual ahora le debo mucho como también a su señor padre.

– Si es verdad lo que dices, no entiendo por qué no me tuteas.

El guardó silencio, pues su inconsciente quería escapar a su Ya Escrita Historia, él se masajeó las sienes como si oprimiera un botón para que ningún pensamiento pudiera saltar a su consiente para obligarlo a reflexionar, se puso un punto de apoyo y se repitió una y otra vez, no puedo olvidar que heredé la demencia de mi pobre madre, todo lo que pienso que me ha pasado no son más que hologramas, todo no es más que el producto de mi dolor mental, si no recobro mi cordura, la única verdad es que terminaré en un tétrico psiquiátrico, esa idea lo atemorizó, tomó la mano de Lucrecia, la miró y sonrió tiernamente.

Ella contuvo la respiración, al tiempo que oprimía con vehemencia la mano de Tobías, con voz de niña mimada dijo: – Yo subiré contigo para que tu papi no se atreva a reclamarte nada, pues yo soy su consentida, ¡m!, si cometiste un error yo lo asumiré, ¡ya!

Tobías retiró su mano con suavidad y con voz pausada respondió: – Gracias, pero mis errores los asumo yo.

Ella hizo un remilgo, tomo de nuevo la mano de Tobías al tiempo que dijo: – No, ¡yo no quiero!

El sonrió y respondió: – Esta bien, como quieras.

Subieron, tocaron el timbre, un sirviente abrió.

Don Augusto Montero miró a su hijo con bastante displicencia, en forma enérgica le pidió a Lucrecia que se retirara.

Ella asumió un comportamiento totalmente infantil, tras

hacer un horrible berrinche fingió un desmayo.

Tobías miró a su padre con reproche y sin mucho miramiento dijo: – Siempre has sido un desconsiderado con las damas.

El no respondió, se retiró con una irónica sonrisa marcada en su rostro.

Tobías se esforzó para hacerla reaccionar, ella lo mantuvo en apuros hasta cuando se le antojó, luego ella asumió el papel de reina ofendida y se retiró sin permitir que nadie la acompañara hasta su auto.

Tobías se paro junto al ventanal.

Don Augusto se quito sus prendas con toda libertad, se dio un baño caliente, salió en bata y pantuflas, se acomodó plácidamente en el mullido butacón, se estiró perezosamente y respiró profundo, sus ya cansados ojos se clavaron en la alta y fina figura de su hijo, en tono seco preguntó: – En qué tanto cavilas.

El respondió en forma mecánica: – En la vida, en la libertad.

La pregunta de su padre y la respuesta lo hicieron estremecer, pues muy a su pesar recordó su Ya Escrita Vida, frunció el seño disgustándose consigo mismo y hasta con el recuerdo de su fallecida madre.

Su padre preguntó un tanto burlón: – ¿Con cuánto cuentas para pagarle al padre de Lucrecia?

Tobías guardó silencio.

Don Augusto dijo sedicioso: – Quiero que sepas que Guillermo Gaspar no es hombre que malgaste su dinero en caridades, salvo que se trate de alguna jovencita muy bien proporcionada, pues esas pagan con todo e intereses en la cama y en lo personal te diré que a mí también me encanta esa inversión.

Tobías lo miró con la indignación reflejada en el rostro y sin poder controlarse dijo sarcástico: – Me lo dices, me lo cuentas o me lo quieres explicar.

El padre respondió con total desenfado: – Las tres cosas hijo.

Él lo miró desafiante y sin rodeos dijo: – Perdón se me había olvidado que siempre te has sentido como un pobre semental.

– ¡Pobre!, no hijo, un buen semental, lástima que tu madre quiso tenerme para ella solita y el hombre es justamente eso, un semental y eso no lo digo yo, lo dice la historia y Matusalén, no tuvo una sola esposa.

Tobías lo miró con sorna y le preguntó: – ¿Te hubiera gustado que mi madre se acostara con cuanto semental se atravesara?

– Eso es diferente y antes que me preguntes el por qué, te diré que ellas están obligadas a cuidar la raza.

Tobías lo miró fijamente y sin pestañar dijo: – Mi abuela paterna no cumplió en lo más mínimo con esa famosa obligación.

Don Augusto se puso histérico.

Tobías dio media vuelta y salió con la sonrisa en los labios, caminó sin rumbo fijo, no quería pensar por lo cual se detenía frente a cada vitrina, miraba pero no veía, su mente aleteaba como un pájaro atrapado cuya ansia de libertad no le permitía sentir el cruel dolor de sus múltiples heridas. Continuó caminando despacio y se paró a una prudencial distancia de la fuente que poseía un bonito color artificial, su mirada se quedó extasiada mirando el subir y bajar del agua, entonces vio como las siluetas de múltiples colores satinados extendían sus manos hacia él, para luego perderse en la cristalina agua de la fuente, se retiró apresuradamente y fue a refugiarse bajo el enorme árbol del parque. Escuchó las voces y las risas, vio como una parejita se besaba y se acariciaba con frenesí, mientras otra ya madura armaba y desarmaba su incierto futuro, vio a un grupo de borrachos celebrando el fracaso de sus pobres vidas, vio a los drogadictos en pleno delirio, vio a las prostitutas compitiendo con los homosexuales, los libidinosos tocando y hurgando como el ama de casa hurga la carne para poder escoger las mejores presas, vio un perro flaco y sarnoso con la mirada lánguida de hambre, pero tan cansado para continuar buscando entre la basura, dio cuatro vueltas y se echó bajo una de las bancas para refugiarse en el sueño y soñar que tragaba hasta hartarse.

Se levantó y caminó sin rumbo fijo, entonces vio como los canillitas se peleaban un lugar para echarse sobre el duro pavimento y dormir un poco para esperar la salida y reparto del diario, se quedó mirando aquel patético cuadro, los chiquillos estaban marcados con el sello de la miseria, eran los sobrevivientes del frío sistema.

Vio como los obreros gastaban su paupérrimo salario en alcohol y mujerzuelas, mientras sus embarazadas mujeres, esperaban la limosna que estos deseaban darles para menguar en algo el hambre de sus múltiples vástagos.

Sintió en su alma la soledad del Nazareno, se vio vestido de harapos y con una dolorosa cruz a cuestas perdido entre la muchedumbre.

Esperó a que su padre se levantara, le dio los buenos días, pero este apenas le respondió.

Tobías dijo en tono pausado: – Se que siempre he sido una molestia para ti y reconozco que he cometido un sinnúmero de errores, quiero pedirte que por favor me permitas trabajar junto a ti en el psiquiátrico.

El padre respondió sarcástico: – ¿Quieres trabajar o fisgonear?

– ¿Padre tú has sido feliz toda tu vida?

– ¡Uff! Que pregunta, ¿pero dime hijo qué piensas tú?

– Que siempre lo has tenido todo y nunca te has preocupado por nada ni nadie que no seas tú.

– ¿Eso es lo que piensas de mi?

– Si.

– Es bueno saberlo, en realidad somos casi extraños y lo único que debes entender es que soy práctico, ayudo al ser humano en lo que me es posible, pero no intento cambiarlos pues la demencia es algo que está latente en todos nosotros, ahora que si lo deseas puedes venir conmigo, pero en calidad de practicante, hasta que decidas lo que harás con tu vida y tus problemas, lo que me preocupa es que eres un sensiblero y en el hospital se encuentra la esencia de la miseria humana.

– ¿Entre los enfermos?, o en quienes dirigen.

Don Augusto clavo su fría mirada en el rostro de su hijo, sin mucho reparo dijo: – Para mí eres un extraño, por lo cual debes agradecer la oportunidad de trabajo que te estoy dando, pero en la primera falta que cometas te echare sin miramiento alguno.

El diálogo sostenido con su padre lo obligó a recordar su Ya Escrita Historia, pero al mismo tiempo la asoció con la demencia de su pobre madre, se hizo el firme propósito de escapar de su demencial herencia, por lo cual se apresuró a disculparse con su padre.

Salieron de prisa, pues ya se hacía muy tarde, al llegar al hospital don Augusto ordenó a su hijo trabajar en el pabellón de niños sicóticos.

Lo primero que vio al entrar fue a una pequeña de unos cinco años que golpeaba su cabeza contra las paredes y muebles, cuando se le acercaron comenzó a mordisquearse las muñecas y los brazos desgarrándose horriblemente sus carnes, cuando lograron sujetarla mordisqueaba con brutal furia sus hombros.

En ese preciso momento entró la Doctora Lucrecia Albán, quien sin percatarse de la presencia de Tobías grito fúrica: – ¡Estúpidos, ineptos!, cuantas veces tengo que repetirles que a esa endemoniada criatura no le retiren las medidas coercitivas.

Uno de los practicantes se atrevió a decir: – Doctora, era que tenía muy ajustada la camisa de fuerza.

Los pequeños ojos de Lucrecia refulgieron de ira, su aguileña nariz se inflo y desinfló como un fuelle, de sus delgados labios salieron palabras mordaces y luego ordenó que la pequeña fuera atada de pies y manos.

– Deben sujetarla de pies y brazos, luego apliquen este fármaco.

El practicante lo miró con marcada rabia y dijo irónico: – La Doctora la tenía programada para electrochoques.

Lucrecia sonrió hipócritamente y cambiando por completo su tono de voz dijo al practicante: – Limítate a obedecer al Doctor, ¿acaso no sabes que es el hijo del Doctor Montero?

El practicante cambio su actitud.

Esto molestó mucho a Tobías quien se apresuró a decir: – Solo soy un practicante más.

Día a día Tobías hacía el recorrido por los diferentes pabellones acompañado por Lucrecia y demás clínicos, vio como los practicantes se disputaban los casos en los cuales el paciente era el perfecto conejillo de Indias, cada vez que expresó su inconformidad por el abuso que se cometía con los pobres pacientes, su padre le recordaba que le estaba haciendo un gran favor y que era suya la decisión de irse o quedarse.

Lucrecia se había convertido en su sombra, esto tampoco le agradaba pero guardaba silencio, pues tenía una gran deuda de gratitud con ella.

La noche estaba nublada, Tobías dejó sobre el velador el libro que pretendía leer, suspiró profundo y clavó la mirada en el cristal del ventanal, vio como las luminosas siluetas refulgieron frente a él, las vibraciones que emanaban hicieron estremecer cuerpo, alma y mente, pero su temor a la demencia fue superior, todo quedó en tinieblas, sudaba copiosamente, pero aún así no pudo apartar su mirada del ventanal y entonces vio desfilar ante él, a María y todas las Marías con su carga de soledad y angustia, al ver sus hijos crucificados por la injusticia, el hambre, la miseria, los vicios que los destruyen física, mental y espiritualmente, las vio llorando amargamente sobre el despojo del fruto de sus entrañas, vio al esposo y a la amante convertido en el verdugo, las vio siendo golpeadas, humilladas, ultrajadas, sin defenderse pero fieles a su amo, a su verdugo, arguyendo ante otros que se quedan junto a él, no por ellas sino por sus hijos, por su estabilidad económica, porque ella sin él no es nada ni nadie, lo único que piden es ayuda, pero que nadie les pida que se separen de ellos, pues sin el agresor sus pobres vidas carecen de todo sentido y que nadie diga lo contrario porque pase lo que pase ellas morirán en su ley.

Ahora ve un desfile de Cleopatras sufriendo intensamente por no poder satisfacer su enorme ego, su ninfomanía, su irracional soberbia ante el hombre a quien solo ven como proveedor, su esclavo, su semental mediocre, pues jamás logrará satisfacerlas, pero estas si son amadas y respetadas, ellos bien saben que esta clase de mujeres no dudaran ni un solo instante en arrojarlos de sus vidas, cual si solo fueran un trozo de papel y ellos no están dispuestos a correr ese riesgo.

Trató de moverse y no pudo, él ya conocía estos síntomas, trató de impedir que su cuerpo energético saliera de su cuerpo material, pero todo fue inútil, por un momento pensó que disfrutaría de aquellos geniales sonidos y de aquel maravilloso mundo irreal que lo tenía tan confundido y a punto de la demencia, pero su cuerpo energético entró directamente a un frío y tenebroso lugar cuyas paredes eran de acero, el piso y el techo estaban conformados por un impermeable lleno de un líquido viscoso, adherido a las paredes estaban las cápsulas transparentes, en su interior habían seres de otros planetas, unos de piel grisáceo, otros de piel suave y sonrosada con facciones de incomparable belleza, los grisáceos ya estaban desmembrados, no se veían huesos, solo se observaba una masa gelatinosa de indefinido color, era obvio que allí se estaba practicando un monstruoso experimento.

El ser cuya piel era sonrosada y satinada, dejaba que su energía fluyera y buscaba algún pequeño orificio por el cual poder escapar, pero todo era en vano, la cápsula estaba herméticamente sellada e impregnada de una extraña sustancia que obligaba a la energía a refugiarse de nuevo en el ya inerte cuerpo, sintió piedad por los indefensos seres, por lo cual intentó ayudarlos, pero fue interceptado por un grupo de humanos que lucían atuendos de cirujano y tenían puestos máscaras anti-gases, en vano intentaron atrapar la energía de Tobías, la cual hacía desesperados esfuerzos por liberar a los cautivos, estaba a punto de lograrlo cuando aparecieron las sombras que tomaban cualquier forma, que se encogían y se alargaban a su antojo.

La energía de Tobías también tenía la facultad de tomar la forma que deseara, por lo cual se alargó, se encogió, se cuadriculó hasta que tomó la forma de una flama cuya velocidad no podía calcularse, se quedó muy quieto y las vibraciones le indicaron que aquellas horribles sombras, no eran otra cosa que los vampiros energéticos que ya no tenían fuente de energía purísima en el género humano; puesto que ellos mismos se encargaban de contaminarlos en el mismo momento de ser engendrados. Ahora se habían dado a la triste tarea de capturar seres cuya energía no tienen nada que ver con los mezquinos sentimientos humanoides, pues cuando entran al planeta tierra, lo hacen como médicos que van a prestar su ayuda en una catastrófica epidemia, pero como son las sombras quienes gobiernan el cerebro ovoide del ser humano, este solo hace y dice lo que las sombras le ordenan, vio como las sombras se agrupaban preparándose para absorber la energía, dejó que su energía impactara contra la cápsula donde se encontraba el ser ya desmembrado, esta explotó y el ser cayó, reconstruyéndose en fracciones de segundos.

Las sombras ayudadas por los humanos capturaron la energía de Tobías, el ataque fue tan brutal que el dolor energético alcanzó el cuerpo físico, esto hizo que en el sombrío lugar las cápsulas se abrieran, la energía de los capturados se unió como se une el mercurio, pero ahora necesitaban ser trasladados con suma urgencia más allá del cordón de plata, para esto la energía de Tobías tendría que traspasar el túnel de la muerte, era allí donde corría el inminente riesgo de ser atrapado por las sombras, quienes le robarían no solo su vida, sino su invalorable carga energética que llevaría consigo, recordó que es el temor exteriorizado o miedo lo que nutre a las sombras permitiéndoles que hagan fracasar todas las metas que se propone el ser.

Hizo que su energía tomara la forma de su cuerpo, tomó entre sus brazos la invalorable carga y se disparó por el tétrico y oscuro túnel, Tobías fue alcanzado por un rayo de color violeta, se retorció de dolor y estuvo a punto de soltar a los indefensos seres.

Las sombras aprovecharon ese instante, lo rodearon lanzando sobre ellos aquel ácido vapor que hizo que la carga energética cobrara un peso infinitamente superior a las fuerzas de Tobías, quien se sentía herido de muerte, las sombras hicieron un frente en común.

Tobías pudo ver el umbral, él sabía que si las sombras lograban hacerle caer en él, todo estaría perdido, se quedó quieto e impasible, los seres de luz formaron un holograma, Tobías dejó de mirar hacia abajo, entonces vio un camino de luz cuyas puertas lo conducían a una maravillosa mansión de cristal, cualquier vestigio de temor desapareció.

Las sombras se convirtieron en una mal oliente baba de color pardusco.

Escucho un rugir, un lamento, un aullido, pero no puso más atención por lo cual pudo atravesar el túnel sin dificultad alguna, vio los Pléyares y se sintió feliz, una voz dulce y melodiosa lo incitaba a cruzar el cordón de plata, sintió que el ansia de libertad invadía su cuerpo astral y su cuerpo físico, sintió el infinito deseo de soltarse junto con su valiosa carga, pero pensó que sería una cobardía de su parte, puesto que él aún no había logrado escribir su YA LEIDA HISTORIA.

Sintió como descendía lentamente, unas manos invisibles lo condujeron por lugares imaginablemente bellos.

La melodiosa voz de la mujer le dijo: – No temas amor, sube la escalera de cristal, entra y recorre la mansión, ahí en cualquier lugar encontrarás al Gran Maestro y será él quién despejará todas tus dudas y alejará tus temores.

Tobías se quedó muy quieto, recordó la experiencia anterior y un miedo atroz se apoderó de su mente, intentó escapar.

La mujer dijo suavemente: – ¿Acaso no me amas?

– Por ti lo haría y daría todo, pero si fueras real, más lo único que se, es que eres una fantasía de mi pobre mente enferma.

– En tu minúsculo mundo todo es fantasía y dolor, las mentes están dormidas, de un bello sueño pasan a una horripilante pesadilla, en la cual se quedan atrapados y no hacen nada por despertar, sus mentes son perezosas y extremadamente conformistas, por eso la felicidad para ustedes es tan solo una triste quimera, todos anhelan alcanzarla pero son demasiado perezosos para luchar por ella, ¿acaso no te das cuenta que las monstruosas sombras se albergan plácidamente en sus mentes?, ¿no te das cuenta que son ustedes mismos las que las nutren con su infundado y extravagante temor?, son ellas quienes se tragan toda la energía equilibrante, bloqueándolos para que no puedan realizar todos sus sueños, matan la ilusión y la esperanza, es cuando el ser se convierte en un fardo sin voluntad por lo cual se refugia en la codicia, el odio, la mentira y es muy simple de entender, el hombre y la mujer se atraen por factor natural, entonces sienten que están profundamente enamorados, pero el uno desconfía del otro, pero aún así unen sus vidas, al principio sienten que están vibrando muy armoniosamente, no se dan cuenta en qué momento mutan y convierten su pobre vida en un tenebroso infierno y hasta allí arrastran a los pobres seres que procrean y así el vicioso círculo continuará por los siglos de los siglos.

Tobías miró hacia lo alto de la escalera de cristal, sintió que un profundo temor se apoderaba de su alma a pesar de que su espíritu clamaba por subir y estar solo un instante ante la Sagrada presencia del Gran Maestro, entonces dijo para sí mismo, ¿cómo puedo tener la certeza de que en realidad al final de la escalera hay una mansión de cristal y no un profundo abismo de donde no podré escapar?, ¿cómo saber que todo esto no es solo producto de mi demencia?, ¿qué ser equilibrado podría aceptar con tanta facilidad que en tanta fantasía junta pueda existir un ápice de realidad?.

La luminosa figura del Gran y único Maestro dejó escuchar su indescriptible voz.

Tobías se arrodilló e inclinó la cabeza.

El Maestro dijo: – Levántate, mírame y escúchame.

Tobías quería obedecer pero algo se lo impedía.

– ¿Por qué sientes tanto temor ante mi presencia?, ¿por qué todo tu ser se paraliza con mi voz?, ¿acaso no me piden todo el tiempo que los escuche, proteja y ayude?, ¿acaso no puedes entender que eres parte de la Creación Divina?, ¿acaso piensas que das por verdad absoluta lo que te enseñan las múltiples religiones que han creado los humanos distorsionando mi verdad?, ¿acaso me quedé entre los humanos para que como a su rey me alabaran y se humillaran para halagarme?, ¿acaso olvidas que fui sacrificado por no aceptar romper las leyes de mi padre y ser amigo de unos y enemigo de otros?, ¿acaso no dije claramente que mi reino no estaba en la tierra?.

Te aseguro Tobías que si volviera a tomar forma humana ya no podría sentir compasión por los humanos, pues en un estado humanoide solo me producirían asco por su falsedad, por su infinita ruindad, cuándo lograrán entender que su creador no posee mezquinos sentimientos, por lo cual no es necesario que finjan arrepentimiento y un amor que están lejos de sentir, pues solo alaban y bendicen cuando obtienen lo que les satisface e invocan el nombre del Creador cuando se encuentran en eminente peligro, piden perdón después de haber saciado todos sus instintos, se catalogan como santos los que en algo se reprimen, pero no lo hacen por amor sino por temor a supuesto atroz castigo, aseguran que sus espíritus serán sometidos a un reinado de tormentos y eterno castigo, por soberbia del implacable ser que los creó, se les dio no una orden sino una maravillosa clave que se llama: AMAOS LOS UNOS A LOS OTROS COMO EL CREADOR LOS AMA, pero no lo han entendido y menos lo practican, pues si no saben amarse así mismo, menos podrán amar a otros, solo practican la pasión en todo y para todo se fanatizan, atormentan a otros con falsas y aberrantes creencias, atemorizan a los niños inculcándoles que el creador es un ser monstruoso, que lanza sobre sus criaturas toda clase de maldades, que el simple hecho de no complacerlos en sus absurdos caprichos, aseguran que el creador solo ama a los seres que viven en la más absoluta miseria, a los que aprenden a despreciar su cuerpo y su alma, a los que sienten la vida que les dimos como la pesada y dolorosa cruz que tuve que cargar no por mi gusto, ni autorización de mi Padre, sino por orden de los humanos, que solo saben hacerse obedecer a costa del dolor de sus semejantes, toda la enseñanza Divina la cambiaron los dueños del poder material y lo hicieron para su beneficio, esta es la única forma de mantener su poder; no olvides que fueron los sumos sacerdotes quienes me condenaron.

Los seres humanos buscan en forma infatigable el poder absoluto y lograr de esa forma dominar el resto de la humanidad, pero no entienden que el poder lo poseen todos los seres vivientes y en si todo lo existente, pues todo vibra y son las vibraciones las que construyen el bien o el mal, el ser humano es el más interesado en la búsqueda de movilización de energías, realmente son contados los que logran movilizarlas, pero estas se estatizan cuando se les da un mal uso.

Los animales, plantas y minerales expelen su energía en forma libre y natural, por eso ellos son felices en su ambiente, más cuando el ser humano irrumpe en estos sagrados lugares, lleva consigo el nefasto pensamiento de solo yo soy el rey del Universo, por lo cual toda criatura viviente me debe respeto, tiene que temerme y ceñirse a todos mis caprichos puesto que yo soy el único hecho a imagen y semejanza de

Dios, por lo cual soy dueño absoluto de todo lo existente y para comprobarlo destruye sin piedad alguna.

Nadie como el Cristo vivo, para poder sentir sin temor a equivocarse la negativa vibración de aquel pobre ser que tenía frente a él; se fue retirando lentamente al tiempo que dijo: – Aún no han transmutado ni han cambiado, solo aceptan que existe la materia, piensan que han enloquecido cuando se los saca de su pequeño mundo material, ni siquiera entienden que diferencia hay entre el alma y el espíritu, los más desarrollados procuran entender, lo hacen hasta un punto límite, pero se conforman con movilizar una pequeñísima carga energética, la cual toman solo para su beneficio, sintiéndose dueños de todo, pues les basta pensar para que el resto de criaturas obedezca, pero lo hacen con tanta desconfianza que a duras penas logran mover algunos objetos, su telepatía es un cúmulo de voces que no logran descifrar de quien es el mensaje, su desdoblamiento es tan precario que afectan su débil materia, son curiosos como el mono, como el gato, pero siempre quedan atrapados en sus propias trampas, vuelcan el poder del pensamiento en un mil inventos para luego esclavizarse, sienten una profunda ansia de libertad pero ni remotamente entienden que es la libertad.

Tobías no se movió, el temor a lo irreal lo tenía paralizado, todo quedó en absoluto silencio, un rayo de refulgente luz entro por la cabeza e hizo estremecer todo su ser.

Tobías se estiró y se encogió sintiendo una deliciosa sensación de bienestar, se levantó, abrió la ventana, vio que los dorados rayos del sol se prismatizaban contra el cristal del ventanal, movió de un lado a otro la cabeza y comentó para sí: Que sueño más hermoso y motivante, tarareó una dulce melodía mientras se duchaba, sin saber cómo ni por qué se dirigió al hospital de maternidad, entró a la sala de parto, vio como la mujer se transfiguraba con cada dolorosa contracción sin lograr que su vástago saliera, sintió el dolor del bebé cuyas fuerzas se agotaban en el agotante trabajo por salir del claustro materno, miró fijamente a la mujer y sin decir una palabra le ordenó relajar todo su cuerpo, la mujer respiró profundo y al suspirar, la criatura nació sin forcejeo alguno, este ejercicio lo repitió decenas de veces, ellas no se dieron por enteradas, los médicos se miraron entre sí, cruzándose interrogantes miradas para luego levantar los hombros, hacer una mueca de cierto desconcierto y terminar con una sarcástica sonrisa, a Tobías eso no le importó pues sentía dentro de su espíritu un goce tan maravilloso que poco le importó la sorna de sus semejantes, por lo cual se dedicó a visitar toda clase de lugares donde estuviera presente el dolor físico, mental o espiritual, se sentía feliz y realizado, pero de nuevo se olvidó del espantoso entorno económico, como es natural la masa o cuerpo físico no espera indefinidamente para que le satisfagan sus necesidades.

Tobías se había convertido en un peregrino que iba de ciudad en ciudad regalando salud, movilizando energías para que cada ser que a él se acercaba pudiera materializar sus sueños, esperanzas e ilusiones, donde llegaba la gente se volcaba, se peleaban ferozmente su turno, el comía lo que le regalaban, casi no dormía, a la gente solo le importaba que cumpliera y los atendiera, eran muchas las propuestas de los poderosos quienes no lograban entender la paupérrima forma de vida que llevaba, fuera verdad o mentira lo que hacía eso no era importante, lo importante era que día y noche todo un caudal de personas acudían a él requiriendo sus servicios, claro que al obtener lo anhelado ya no regresaban, pues arguían que era pura casualidad que después de visitarlo la buena fortuna les sonriera.

Los poderosos intentaron hacerle ver que cuando llegara a viejo no tendría donde caerse muerto, porque un muerto ajeno a cualquiera le molesta, él solo sonreía, pues no hacía lo que hacía para enriquecerse materialmente, pero ignoró por completo la ley compensatoria, porque no se dio cuenta que a la gente no le importaba el espíritu sino la materia, él era un multimillonario espiritual que derrochaba la energía aplicando la metáfora de HAZ BIEN SIN MIRAR A QUIEN, lo que no había entendido era que HAY QUE HACER EL BIEN, PERO MIRANDO CUIDADOSAMENTE A QUIEN, de lo contrario no solo se cae en la ruina material sino en la espiritual, pues la ruindad del ser humano no tiene límite y es el virus más peligroso, pues quien descuida la cápsula o cuerpo físico que es quien guarda la sagrada energía se está exponiendo a toda contaminación; Tobías había confundido de nuevo disciplina con castigo.

El tiempo transcurrió, la noche estaba fría y muy oscura, él se encontraba durmiendo bajo el puente, el frío se hizo más y más intenso, por más que apretujaba la harapienta colcha esta no le proporcionaba el calor que necesitaba para desentumecer su cuerpo, se incorporó, frotó sus manos y empezó a concentrarse para tonificar su cuerpo, pero en lugar de calor sintió más frío, a duras penas logró ponerse en pie, se paró para observar su aura, se quedó perplejo al ver que no irradiaba, se acuclillo sintiendo una profunda tristeza y preguntó: – ¿Qué mal hice?.

Sus ojos se cerraron y vio como su espíritu luchaba desesperadamente contra una gigantesca masa vampiresca que intentaba terminar de desplazarlo, su tristeza se convirtió en furia por lo cual dijo: – ¿Dios por qué me haces esto?, ¿cuál ha sido mi error acaso no he pasado hambre, frío, desamor y toda clase de humillaciones?, ¿qué es lo que quieres que haga para mantener mi espíritu limpio para que crezca y se robustezca?; espero una respuesta.

El silencio fue rotundo.

Despertó en una lujosa clínica, junto a él se encontraba Lucrecia Albán y quien lo atendía era la hermosa enfermera cuyo nombre era Mariana.

Tobías miró a las dos mujeres y pensó: "Los implacables Jueces del Destino ya fallaron y lo hicieron en mi contra", ahora solo me queda cumplir Lo Ya Escrito, Dios sabe que he intentado por todos los medios rescribir Mi Ya Leída Historia, pero los Jueces del Destino son implacables, se sintió débil, se quedó dormido y vio a los nueve ancianos de cabello y barba larga, quienes sostenían una áspera discusión, algunos de ellos sostenían con firmeza que Tobías ya había cumplido con el fatídico estigma, con el que su padre lo marcó al engendrarlo sin amor ni respeto.

Aquel de rostro inexpresivo y mirar de témpano de hielo dijo: – Este que nació marcado de padre y madre no tiene derecho ni a una sola opción y cumplirá lo ya escrito.

El de rostro apacible y mirar sereno dijo: – Pareces olvidar que él es....

La voz del anterior se escuchó como un pavoroso trueno

al replicar: – Eres tú quien pretende olvidar que todos participamos en ese juego, más cuando se rompa el cascarón y la masa se pudra, él regresará a donde le corresponde y de donde nunca debió salir.

La opinión de los Jueces estaba muy dividida.

El de mirar sereno flotó hacia el otro extremo uniéndose a los cuatro que estaban a favor y sin perder la calma recalcó: –Tú iniciaste el peligroso juego, sabías muy bien que en aquel instante energías superiores se estaban movilizando – Sin decir una palabra más abrió los arcanos de la vida.

El destello que salió, hizo que los jueces se cubrieran el rostro, al tiempo que decían: – Cierra el arcano, ¿acaso no sabes lo peligroso que es?

– Lo sé, pero más peligroso es continuar jugando con esa energía que por nuestra culpa quedó atrapada en un plano abominablemente inferior y que es la única sobre la que tenemos potestad.

El Juez de mirada de témpano de hielo dijo sarcástico: – Justamente, en eso consiste la diversión, no lo dejaré escapar porque cada vez que intentan recuperarlo se asusta, ¿acaso no vieron que no se atrevió a subir la escalera de cristal?

– Porqué tú no lo dejaste, la dosis de temor y culpa que le aplicas cada vez que encuentra su camino, no le permitirán jamás encontrar su maravilloso Universo.

Todos observaron la dolorosa lucha que liberaba Tobías, para alcanzar la libertad que por sagrada ley le correspondía.

El nunca se había dedicado a complacer a su materia, en forma consciente e inconsciente siempre había protegido su esencia divina, sin esperar ser retribuido por ello, todo lo que deseaba era ser justo, sentirse útil y libre como el viento, su mayor anhelo era encontrar un lugar lejano virgen, donde el ser humano no lo perturbara en su exquisito silencio, para poder disfrutar de la simplicidad de la vida, pero rodeado del maravilloso esplendor de la naturaleza, con una maravillosa cascada que terminará siempre en brazos del majestuoso mar, una dorada playa preñada de soberbias palmeras, rocas adornadas con pequeños moluscos y vestidas por las caprichosas aguas que suben, que bajan y cambian de color, el sinnúmero de peces de colores que juguetean, se aparean, emigran, regresan, pero siempre están cual indispensable adorno, cruzar de la playa a la tierra que es bañada por ríos, arroyuelos, manantiales que la convierten en la amante madre, de cuyas entrañas emergen los árboles frutales, especies animales, vegetales y cual indispensables amantes tierra y mar, producen alimento para todos los seres vivientes sin hacer distingo entre hombre, animal, planta o mineral, pues a todos los nutre por igual.

El había soñado desde niño con una mujer bella por dentro y por fuera, que compartiera con él ese hermoso paraíso, sin conflictos ordenados por el tenebroso entorno social, que es quien entorpece el libre desarrollo de los seres vivientes, obligándolos a utilizar la una y mil máscaras de hipocresía, pues hasta las plantas y los animales aprenden a utilizarlas, para lograr vivir decentemente entre el torrente de pus que emana sin parar de la soberbia sociedad, ahora se sentía totalmente atrapado en el asqueroso torrente, puesto que los invisibles Jueces del Destino se habían quedado en absoluto silencio.

Tobías frente al gran ventanal miraba insistente al cielo, como si buscara algo especial allá en lo profundo de la bóveda celeste.

Su padre le dijo impaciente: – Espero que no recaigas de nuevo, no creo que quieras olvidar que estás formalmente comprometido con Lucrecia.

– No te preocupes padre, no he olvidado ni por un instante, más no sé qué es lo que te hace temer.

No me gusta para nada que empieces a mirar como un reverendo estúpido el cielo, como si esperaras que algo proveniente de allá te obligara a perder de nuevo la cordura, sabes muy bien que debes olvidar ese estúpido comportamiento, no olvides que si no estás en la cárcel o en el manicomio no es por mi sino por los Albán.

Buscó en sus sueños a la mujer sin nombre, aquel maravilloso ser de luz a la que sin practicar sexo animal lograba hacer la perfecta conjugación de cuerpo, alma, mente y fundirse en una maravillosa energía del espíritu, se quedó quieto en su silencio sintiendo como la soledad mordisqueaba su alma, haciéndolo sentir como el más indefenso de los seres, la impotencia y la tristeza eran los crueles verdugos que lo sumergirían en el ardiente caldero de la desesperación, los que le obligaban a ver su Dios, su Esencia Divina encadenada, prisionera y torturada por el fardo o cuerpo físico, era entonces cuando sentía la imperiosa necesidad de destruir el fardo, de liberarse de él, ¿pero cómo hacerlo sin destruir su espíritu?. Si para los seres que han cumplido su ciclo de vida es muy difícil pasar el umbral y atravesar el túnel de la muerte, para el suicida es imposible, si el ser humano por naturaleza vive en un letargo y aún así se angustia y desespera por insignificancias, ¿qué será del suicida que al romper el fardo se despierta y toma absoluta conciencia de lo que realmente es la vida?, la vida en su esencia de maravilla y esplendor, energía que todo lo puede, vibración que conlleva a la subliminización del amor, por lo cual todo, absolutamente todo es felicidad.

Esperó y esperó, pero ella no vino, por lo cual se sintió invadido por una profunda tristeza que poco a poco se convertía en una espantosa rebeldía, rebeldía que él jamás había experimentado, entonces sintió como cuerpo, alma, mente y espíritu se enredaban en una inmensa telaraña, sintió el vértigo de la velocidad que va más allá del sonido y de la luz; sintió como se sumergía en las heridas de la madre tierra, más esto no le produjo ni tristeza ni desencanto, sintió lo que siente el industrial, un quemeimportismo absoluto, era como si buscara algo más que pudiera serle útil en el insaciable anhelo de acumular más y más dinero, tras atravesar el inmenso cementerio de flora y fauna entró a la casa del poder.

Allí le esperaba un hombre de mediana estatura, gordo y cabezón, su apariencia era realmente desagradable, era como si todas las más feas especies animales se hubiesen quedado grabadas en él, sonrió mostrando sus dientes de piraña y de tiburón y así sus facciones se alteraban pasando rápidamente de una especie a otra, le invitó a embriagarse con el extracto de las extinguidas especies y era sangre, sabia, zumo y lo bebió sin preguntar su procedencia, se embriagó y se olvidó por completo de su espíritu, más aún negó su existencia, al hacerlo sintió un gran alivio.

El hombre lo miró y preguntó: – ¿Cómo te sientes?

– Genialmente bien, como jamás me había sentido, ¿pero cómo te llamas? ¿Y qué es lo que me has dado de beber que he logrado que deje de sentirme culpable por algo o alguien que nunca vi ni toque?

La risa del hombre hizo estremecer las ya agonizantes entrañas de la madre tierra, el cielo lanzó grandes destellos y lloró amargamente como lloran los padres, cuando su amado vástago se lanza al abismo de la perdición.

– Me llamó Anti y sabía que tarde o temprano vendrías a mí y no te arrepentirás de haberlo hecho, porque los seres como tú son muy apreciados y hasta codiciados, yo soy uno de los pocos que podrá enseñarte a disfrutar de tus sentidos.

Tobías continuó bebiendo, sintió como su cuerpo le exigía, le ordenaba que lo exaltara al sexo.

Las mujeres lo rodearon, sus cuerpos estaban cubiertos de transparentes velos, los genitales hábilmente decorados para lograr despertar la feroz hambre de la carne.

Tobías sintió como su instinto animal lo hacía estremecer de pies a cabeza, tomó a una de las mujeres con el solo propósito de satisfacer su materia, no le importaba donde estaba, ni quienes estaban a su alrededor.

Los ojos de la mujer brillaban, ella lograría que él perdiera sus escrúpulos su pudor, después de consumado el acto él quedaría como un esclavo más del sexo animal, como el pobre ser que se ingenia una y mil formas para lograr satisfacer a la insaciable masa, confundiría muy fácilmente la pasión con el amor, su espíritu quedaría crucificado y amordazado.

Los Jueces del Destino observaban en absoluto silencio, los que estaban a favor de Tobías se miraban angustiados, pues los que estaban en su contra se veían muy satisfechos, el amo del poder en la tierra había logrado embriagarlo, ahora solo faltaba que él se entregara a los placeres de la carne, entonces sí que ya no había nada que hacer, pues de la mente de él quedaría borrada la autentica verdad, por la cual dedicaría lo que le restaba de vida a toda clase de vicios.

El verdugo Juez miró y sintió la plena seguridad de su victoria, ella ya lo tenía dominado, era imposible que él pudiera dominar aquel instinto, pues ella continuaba instigándolo para que el ardoroso fuego de la pasión se apoderara por completo de todos sus sentidos.

En forma inconsciente Tobías abrió sus ojos, se sintió en dos mundos, su cuerpo físico reclamaba con furor ser satisfecho, su espíritu deprimido y en mortal silencio parecía una llamita a punto de extinguirse, intentó moverse, pero sintió que se ahogaba, su cuerpo se retorció como si estuviera siendo atrozmente torturado, a pesar de su lucha sus ojos se cerraron.

Anti se le acercó y en tono muy amigable dijo: – Tobías no te resistas, comprende que eres dueño absoluto de tu vida y tu cuerpo, si no disfrutas de él, ¿para qué te sirve la vida?, ve sin temor y sumérgete en el más delicioso placer que te dará tu propia carne, ella te hará delirar, tu ni imaginas hasta donde pueden llevarte las delicias de tu carne, ¿quién te hizo pensar que hay algo más allá de tu vida y de tu cuerpo?, quita esa estúpida venda de tus ojos, saca de tu mente todos esos ridículos devaneos de seres de luz que te han enloquecido con su celestial encanto, te aseguro amigo mío, que si no aceptas lo que ahora te regalo, gemirás de dolor y de amargura cuando veas que después de tu vida física ya no existe el delicioso disfrute de tu cuerpo, ve y posee a la mujer que elegiste, ella dejará en ti el fuego de la ardorosa pasión, entonces podrás poseer a cuanta mujer que pase por tu lado, ¡ay!, esa pasión, ese ardoroso fuego que te sumergirá en el más delicioso de los sueños.

Tobías miró sin temor a su supuesto amigo, sonrió y se quedó en silencio.

Anti se paseo de un lado a otro esperando que Tobías se sumergiera de una vez por todas en el infame sueño del placer.

Los Jueces que estaban en contra de Tobías miraron al más cruel de todos y pudieron darse cuenta que por más inexpresivo que fuera su rostro, ahora dejaba traslucir una perversa impaciencia.

Tobías caminó con paso firme, se abrió paso por entre las mujeres, tomó en sus brazos a la que él había elegido, la miró con infinita ternura y dijo: – Eres realmente hermosa, lástima que carezcas de espiritualidad, pues solo eres putrefacta materia, sembrío repleto de carroña, que apaga la sed en forma momentánea para luego quemar en las entrañas, son los seres como tú, los que convierten a la mujer en carne de rapiña, en carne que alimenta a los rabiosos perros, pobre de los hombres que se dejan atrapar por tu falsa hermosura, tu solo eres un asqueroso vampiro que se nutre del espíritu, por lo cual tu misión es sumergir a hombres y mujeres en el esclavizante sueño del placer.

Anti se acercó, con marcada ironía dijo: – Acaso tú eres un nuevo Mesías.

– Nadie lograría jamás tanta perfección y jamás el discípulo podrá enseñarle al Maestro.

Una sórdida carcajada se escuchó, un místico más, otro estúpido que piensa que castigando la materia llegará a conocer la verdad, que logrará desentrañar el gran misterio de la vida y de la muerte, un hipócrita más que lo único que realmente desea es conocer y aprender la clave para movilizar energías a su antojo, ¿acaso ya olvidaste lo que hiciste con K. Popper?, eso es venganza amigo mío, ¿y quién podría asegurarte que no fui yo quien te dio esa potestad?

Los dos quedaron en absoluto silencio.

Tobías se sintió muy confundido, una tenebrosa sensación se apoderó de todo su ser.

En el rostro de Anti se dibujó una imperceptible sonrisa de triunfo.

El implacable Juez del Destino miró a los otros y dijo: – Ya sabía que Anti no me fallaría.

– Eso no es justo – Refutaron con ardor los que estaban a favor de Tobías.

– ¿Quién ha dicho que existe la justicia para los humanos?, ¿acaso no somos sus Jueces? Y este me ha desafiado, pero Anti se encargará de hacerle ver y sentir sus limitaciones, cuando despierte su materia estará ávido de placer, su mente sedienta de infinito poder, entonces verán al verdadero Tobías.

– No permitiremos que juegues de una manera tan sucia con este pobre ser, que a punta de esfuerzo y sacrificio se ha ganado el derecho de tener contacto con los seres de luz, quienes encontraron en él, el material propicio para dar y tomar información.

Los que estaban en contra dijeron: – Nosotros estamos aquí justamente para evitar que se produzcan esas comunicaciones.

Se miraron.

El implacable Juez dijo desdeñoso: – Anti le dará jaque mate más pronto de lo que imaginé.

Los que estaban a favor se sintieron impotentes, pues ya podían percibir la espantosa confusión en la mente de Tobías.

Anti como genial y siniestro maestro del mal continuó diciendo con firmeza: – ¿Por qué morir sin haber disfrutado del placer y del poder?, ¿acaso piensas que por privarte de él nunca morirás?

Tras un minuto de silencio Tobías respondió: – Se que algún día moriré, pero es justamente para ese día que debemos prepararnos, pues nuestro pobre cuerpo no es más que un débil traje que con el tiempo se deteriora y se rompe, mientras que nuestro espíritu se robustece y brilla con luz propia si lo cuidamos y no permitimos que lo exterior lo destruya.

Anti sonrió sintiéndose seguro de su triunfo por lo que sin inmutarse por las palabras de Tobías dijo: – Hablas metafísicamente, pero lo abstracto no lo pueden comprobar.

Tobías lo miró muy serio y dijo: – Dios es la Mente Universal, es totalmente abstracto, sin embargo permite verlo en los dorados rayos del sol, en los plateados hilos de la luna, en el genial titilar de millones de estrellas que se reflejan en los lagos transparentes, como transparentes son nuestras pupilas cuando encontramos la indescifrable belleza de Dios o Mente Universal en cada cosa. Me hablas de la movilización de energías, ¿siendo quien eres las movilizas como, cuando y donde quieres?

– Tú podrías hacerlo – Respondió Anti en tono amistoso.

El implacable Juez dejó escuchar su voz de trueno al decir: – Estúpido, ¡asquerosa bestia!, ya lo tenías, pero caíste de la forma más cretina.

Anti quiso enmendar su error, pero Tobías ya había recuperado su conciencia.

Los Jueces que estaban a su favor se sintieron satisfechos, pues al fin un pobre mortal le ganaba una partida, pero ahora Tobías tendría que cuidarse en cada pensamiento, puesto que el implacable Juez y su sórdido aliado Anti no descansarían hasta derrotarlo, hundirlo en los oscuros laberintos del tenebroso limbo.

Pues si Tobías no cumplía con su Ya Escrita Historia o si no se convertía en un esclavo del placer o de los vicios, el implacable Juez junto con los otros que eran quienes habían escrito la dolorosa historia, sin respetar la opinión de los otros Jueces, tendrían que nacer una y mil veces para protagonizar paso a paso lo escrito por ellos y ya Anti no sería su aliado sino su más implacable verdugo, puesto que él se encargaría de privarlos de todo placer o vicio, ya que esto no era otra cosa que falsas válvulas de escape entre los humanos.

Anti sabe de sobra que los seres humanos buscan satisfacer su materia desde su procreación, este es el motivo por el cual se empecina con cualquier ser que pretende cambiar su Ya Escrita Historia, siempre y cuando dicha historia sea como la de Tobías, pues los seres que nacen marcados son presa fácil, pero los que de repente encuentran ayuda de seres de luz que pretenden arrebatarle lo que él ya siente suyo, eso no lo soporta, por el momento dejaría las cosas como estaban, pero ya llegaría el momento, entonces él le demostraría al implacable Juez que para él es muy divertido empezar la Ya Escrita Historia o simplemente ponerle el fin que se le antoje.

La mayoría de seres humanos sienten y piensan que el buen Dios que los creó, tiene la obligación de cuidarlos y protegerlos, es por este motivo que se ingenian una y mil formas de ser escuchados, más sus peticiones siempre están vinculadas con las cosas materiales, a muy pocos les preocupa el espíritu, son contados los que entienden que el cuerpo físico es la envoltura del espíritu, por lo cual estamos en la obligación de cuidarlo, amarlo y respetarlo, el cuerpo físico es supremamente débil, voluntarioso como un niño, por lo tanto debe ser educado pero sin maltrato, pues muchos creen erróneamente que mientras más se lo humilla y reprime, el ser logrará encontrar el espíritu y sublimizarlo; la verdad es que el cuerpo físico es el único traje que posee el espíritu.

Son muchos los que afirman que la materia domina al espíritu, pero siendo el espíritu la esencia divina, mal podría la materia dominarlo, de lo que pocos se han percatado es de que el cuerpo físico está dotado de un cerebro, que es programado desde el claustro materno con el entorno familiar y social, esta programación influye ciento por ciento en el comportamiento del cuerpo físico que es lo único tangible que el ser humano conoce, la Filosofía nos conduce a la Sicología, la Sicología no es otra cosa que la infatigable búsqueda de un auténtico patrón de conducta, esto implica y significa que nadie ha logrado descubrir los enigmas de la mente, pues sería muy jactancioso pensar que se puede recorrer con facilidad los laberintos mentales, son muchos los que han intentado descubrir los secretos de la mente, para los Griegos solo existía lo corpóreo, lo que se pudiera ver y tocar.

Aristóteles hizo grandes y profundos estudios para comprobar que había algo abstracto y maravilloso que iba más allá de lo físico, de estos estudios nace el deseo de ponerse en contacto con lo abstracto o espíritu, más el ser humano siempre espera una recompensa por cualquier sacrificio que haga, esto nos indica que lo físico predomina, pues la materia exige materia, este es el rompecabezas de muchos estudiosos de lo abstracto, pues piensan que al castigar y privar a su materia de las cosas materiales lograrán ponerse en contacto directo con lo abstracto y así lograr movilizar las más altas y profundas energías del Universo, sienten y piensan que al lograr movilizar a su antojo lo que los demás mortales no pueden, serán ellos los que regirán el presente y el futuro, en charlas y escritos suelen asegurar que son los verdaderos sabios, pero que su sabiduría solo es para ellos y un reducido número de elegidos, ¿elegidos por quién?, por ellos, ¿por el Dios Divino y Creador?, ¿no estaríamos diciendo con esto que Dios tiene preferencias por unos cuantos?. ¿Acaso el sistema de Dios es igual al de los seres humanos?, ¿solo aprenderá el que posea lo suficiente para pagar, y quien no pagaría para saber la verdad?, ¿quién no pagaría para evitar tanto dolor, tanto sufrimiento?

– Tobías no martirices más tu pobre mente – Dijo ella.

En Tobías vibró cuerpo, alma y mente, antes de que él pudiera pensar ella se hizo sentir.

Tobías abrió los ojos y la vio sentada al borde de la cama,

se refugió en sus brazos y sin lograr contener su llanto dijo:
– Llévame contigo para siempre.

– Aún no amor – Dijo ella con infinita ternura.

Lo fundió en su cuerpo y lo llevó más allá de los soles, de las lunas, atravesaron un mar de estrellas, vio las una y mil formas de vida del Universo, en el maravilloso viaje ella le enseñó como el cuerpo no es más que un traje que puede ser cambiado de forma, de color y que solo sirve para ponerle peso molecular a la energía para que esta pueda habitar sin problemas a la una y mil galaxias, ella se quedó muy quieta en un punto.

Él la observo en silencio y pudo ver que ella anhelaba ir hacia un genial torrente de multicolores destellos que provenían de algún lugar, donde todo era de cristal.

Hacia ellos llegó el aroma de algo celestial.

En un instante ella desapareció.

El sintió un profundo temor al sentirse solo en medio del infinito Universo, para darse valor dijo: – No podría culparla si decidiera olvidarse de mí y se quedara en su verdadero hogar.

Se vio encerrado en un círculo de nueve espejos.

Una voz varonil dijo: – Observa con mucha atención.

Tobías se estremeció al ver que su cuerpo terrenal flotaba sobre una nube, mientras él se sentía parado en aquel punto luminoso, vio la tierra con toda su belleza y su maldad.

La voz le pregunto: – ¿Sabes por qué los humanos sufren desde que son procreados?

– Realmente no lo sé, aún cuando desde muy niños nos enseñan que es por el sexo.

– ¿Alguien les ha enseñado que el sexo es la máxima explosión energética?

– Lo único que se, es que el ser humano vive buscando una y mil formas de satisfacer su materia y todos enfocan hacia un mismo punto, el sexo. La mente del ser humano es débil y yo soy un estudioso de ella, pero me entristece mucho el saber que en los libros solo hay teoría, pues la práctica nos enseña que cuando una mente se rompe, no existe técnica ni medicamento que pueda reconstruirla. Hay muchos dementes que construyen un maravilloso mundo donde todo es amor, paz, libertad, donde conviven con ángeles de rubia cabellera, primorosos ojos de azul oscuro, en fin de belleza indescriptible; otros quedan atrapados en horripilantes pesadillas.

Hubo un silencio, antes de que Tobías pudiera decir algo la voz preguntó: – Como estudioso de la mente de tus congéneres, sientes y piensas que tu mente se ha roto, por lo cual no puedes aceptar que Exell sea real, ahora que solo posees tu cuerpo astral y que fuiste elegido por tu pureza vibratoria, te permitiré ver lo que solo nosotros conocemos, mira el noveno espejo y serás tú quien decida si todo no es más que producto de una mente enferma, será la emanación de tu energía la que nos dé la respuesta.

La energía de Tobías se inquietó, sabía que su pequeña mente no aceptaría como real lo que viera o sintiera.

La voz dijo en forma pausada: – Te sugiero que no permitas que los temores de tu ovoide mente terrícola interfiriera en la pureza de tu mundo energético, recuerda que ya fallaste en una de las pruebas, tranquiliza tu maravillosa energía y recuerda que ya te dimos la oportunidad de leer tu Ya Escrita Historia, pero tú dudas y no podemos culparte por eso.

El noveno espejo empezó a iluminarse, de la energía de Tobías se apartaron todos los temores, era una luz suave y delicada que lo envolvía y le hacía sentir una deliciosa sensación de bienestar, su vibración era tan pura como la de un niño, vio el majestuoso hogar de los Ultraterrestres, nadie encontraría palabras adecuadas para describir lo que los Terrícolas califican de bello, precioso, genial, maravilloso, vio a Exell junto a sus congéneres masculinos y femeninos de gran estatura, su belleza física tampoco la podía describir, pues las pinturas de Picasso o Miguel Ángel y demás, eran solo pálidos reflejos de lo que él estaba viendo; Tobías se sintió desconcertado frente a tanta belleza.

El perverso Juez del destino estaba fúrico, pues si Tobías lograba comprender lo que los Ultraterrestres intentaban descifrarle él y sus aliados estarían perdidos por y para siempre, por lo cual no dudo un solo instante para enviar el más terrible interrogante a la energía de Tobías: ¿Podría un terrícola en su forma y estatura formar pareja con un ser como

Exell?

La voz no podía explicarle que nada tiene que ver la estatura ni la forma, pues si lo hacía estaría violando una sagrada ley cósmica, eso tendría que discernirlo él, guardó silencio por un instante, pues sintió como la duda se apoderaba de la energía, entonces dijo: – Observa los ocho espejos restantes y permite que sea tu energía quién decida.

Tobías se sentía temeroso y muy confundido, pero eso no evitó mirar a los espejos, en el octavo vio seres un tanto semejantes a los Ultraterrestres, pero trabajan afanosamente, se percibía en ellos el temor de ser atacados por algo o alguien, se sintió tentado a preguntar.

Pero una voz desde el espejo respondió: – No es nuestro temor lo que sientes y ves, no es más que una réplica de lo que sucede en otras galaxias, lo procesamos aquí para que no contamine el resto, pues no todo lo que parece es....

Vio el séptimo espejo, allí todos tenían la misma fisonomía, cabello castaño, ojos plomos, nariz recta, rostro ovalado, piel blancuzca, alta estatura, sexo masculino y femenino pero no determinado por genitales, sino por su estructura corpórea, masculino ancho y grueso, femenino angosto y fino, vio un sinnúmero de pirámides que parecían tener luz propia, caminaban en línea recta hasta el tetragrama u ojo de la pirámide, al estar frente a este sacaban unos recipientes que parecían ser de cristal, los llenaban, los cerraban cuidadosamente y los enviaban inmediatamente a la octava dimensión.

Tobías quiso saber que era lo que hacían.

Antes de que preguntara la voz del espejo respondió: – Como puedes ver, no todos los recipientes poseen el mismo color, esta es la esencia de pensamientos y sentimientos que vienen desde el planeta tierra, debemos ser cuidadosos pues la energía que emana este pequeño planeta es muy peligrosa porque casi siempre es capturada por galaxias enemigas, las cuales se nutren con el odio, la tristeza y el temor de los Terrícolas.

Tobías preguntó: – ¿Por qué nadie nos ayuda?

Todos voltearon su rostro hacia él, uno de ellos se acercó al espejo, se saco el cuerpo como los terrícolas lo hacen con sus prendas de vestir, quedando solo una luminosa silueta la cual dijo en tono cordial: – Todo el tiempo los estamos ayudando, lo que sucede es que los Terrícolas han cerrado su mente, viven profundamente dormidos y cuando intentamos despertarlos se aterrorizan hasta el punto de enloquecer o morir, dejando que su preciosa energía caiga en cualquier dimensión, donde pueda quedar atrapada para siempre.

– ¿Por qué les preocupa a ustedes lo que pueda suceder con la energía de nosotros pobres seres humanos, que nacemos llorando y morimos llorando?.

– ¿Piensas que solo los Terrícolas son humanos?

– ¿Acaso no es así?

– ¡Por supuesto que no!, los Ultra y los Extra también somos humanos, pues todos fuimos creados por la Mente Universal Dios, la tierra es uno de los más bellos jardines de él Universo, ustedes son los únicos que poseen un gemelo.

– ¡Qué!

– Por favor no asumas esa actitud, son muchos los terrícolas que han llegado hasta aquí, pero tu gemelo te obliga a sentir y pensar que todo no es más que invención de tu mente, lo único que desean es que se destruyan.

– ¿Qué ganarían con eso?

– Posesionarse del planeta tierra, si esto llegara a suceder todo el Universo estaría expuesto a la extinción, ya son muchas las galaxias que se han extinguido por la radiactividad, es por ese motivo que Ultra y Extras hacemos mestizaje con los Terrícolas, por lo cual algunos habitan entre ustedes.

– Si eso fuera verdad, ya nos habríamos dado cuenta puesto que su forma y estatura es diferente de la nuestra.

– ¿Acaso no viste que el cuerpo no es más que un traje como el que ustedes usan para cubrir su cuerpo?

– Si, pero nosotros no podemos sacarnos el cuerpo, nacemos con él y morimos con él, puedo asegurarte que nuestra vida es muy dura, triste y horriblemente conflictiva, tanto que muchos se arrancan la vida por voluntad propia.

El ser guardó silencio por el infinito dolor que expulsaba la energía de Tobías, con pausada voz dijo: – Quisiera poder explicarte el motivo por el cual los Terrícolas son sometidos a tanta injusticia y dolor, pero eso no me está permitido ni a mí, ni a nadie, puesto que esa información solo puede darla la Mente Universal Dios, de lo que sí puedo estar seguro es de que en un tiempo no muy lejano todos quienes cultiven su energía o espíritu, formaremos un solo hogar, pero para ello es necesario que todos cooperemos para mantener la continuidad de la creación divina, lo último que puedo decirte, así como habemos Ultras y Extras resguardando el planeta tierra, también están entre ustedes los denominados guardianes del cosmos, que no son otra cosa que seres malvados, que están confabulados con el gemelo y mezquinas galaxias que pretenden esclavizar toda la energía que existe en la tierra, ahora mira los otros espejos y no te atemorices, pero si esto te sucede no dudes en buscar ayuda en el noveno, octavo y aquí en el séptimo.

El espejo se apagó.

Tobías no estaba seguro de mirar los espejos restantes, esperó escuchar alguna voz que lo guiara como había sucedido en los anteriores.

Reinó un silencio absoluto.

Tobías no se atrevía a mirar el sexto, pero el resplandor era cada vez más fuerte, el sintió un deseo infinito de escapar.

El implacable Juez del destino vio la oportunidad de aterrorizarlo, sin pérdida de tiempo envió un perverso mensaje: – Todo no es más que producto de tu enferma mente, acaso olvidaste que tu madre no era más que una pobre demente, primero quiso adentrarse en lo oculto, ¿acaso ella no te enseñó que lo oculto está totalmente asociado con lo diabólico?

La energía de Tobías se retorció de angustia, recordó las experiencias anteriores y dijo: – Si, tiene razón, después de todo esto despertaré y tendré que reconocer que la demencia de mi madre se quedó anidada en mi cerebro, creciendo cada vez más y más, por lo cual el ilusionismo, la fantasía han ganado mucho terreno, por lo que estoy sufriendo este delirio, pero tengo que luchar contra todo esto, caso contrario después no serán bellos sino horripilantes.

Tobías sintió como su energía era devuelta a su cuerpo físico, ya no pudo escuchar la suplicante voz de Exell y menos pudo ver el pequeño y maravilloso ser que ella levantaba entre sus manos.

La odiosa carcajada del infame Juez del destino no se hizo esperar.

Los Jueces que estaban a favor comentaron con tristeza, pobre Tobías no quiso ver la única verdad, no quiso entender que lo oculto no tiene nada que ver con los maléficos planes de Anti y sus perversos aleados, si al menos hubiese mirado el sexto espejo, eso le habría dado el derecho de saber que Exell tuvo a su hijo.

– Pero ya nunca lo sabrá y menos lo verá – Dijo aún riendo el cruel Juez.

Acto seguido se comunicó con Anti e irónicamente le dijo: – ¡Eh!, ¿aún sigues pensando que seré yo quien tenga que vivir la historia que escribí para Tobías?

– No seas ridículo, a mi me conviene que él tenga que vivir tu Ya Escrita Historia, la cual me parece bastante insípida, le falta más sangre, más sadismo, te olvidaste por completo del sexo sofisticado, del brutal, viéndolo bien a mi no me conviene mucho que digamos que viva tu estúpida historia, pues si viviera sin revelarse automáticamente traspasaría el túnel de la muerte y yo no tendría la más remota opción de poseer esa energía.

El Juez respondió mordaz: – Se que estás furioso, por lo tanto te contradices, mi historia es fantástica, lo que no te gusta de ella es que tendrás que trabajar arduamente para apoderarte de esa energía que te deslumbra y enloquece, no olvides que la energía de Tobías es como la de un niño, solo yo puedo alterar lo ya escrito.

– En eso te equivocas, soy yo el quien siempre altera las historias ya escritas por todos ustedes, si Tobías hubiese mirado el sexto espejo es seguro que lo hubiese hecho con los restantes, pero ni a ti ni a mí nos convenía, por lo cual te sugiero que cambies algo de lo ya escrito, caso contrario nos exponemos a perderlo.

– Siempre queriendo ser más listo que yo – Respondió el Juez.

– No sé por qué lo dices.

– Sabes muy bien que todo terrícola que logra llegar a Exilón 9 de la forma en que lo ha hecho él, es bueno, tú sabes muy bien lo que digo, lo único que ahora debe preocuparnos es la decisión que tome Exell.

ANTI soltó una burda carcajada y dijo muy divertido:
– Será un problema para ti, porque no tienes potestad de escribir ninguna historia sobre ella, mientras yo tendré muchas ventajas.

EXELL

Los Ultra y los Extras no se sentían muy felices de que Exell usara el traje terrícola, este representaba un gran riesgo de contaminación, eso implicaba que podrían perderla para siempre, si lograba llegar a la tierra ella sería una terrícola más, sumergida en la amnesia y en el sonambulismo en el que se encontraban los habitantes de la tierra, su sufrimiento sería muy grande cuando recobrara la conciencia, cuando le estorbara el terrícola traje, habría muchas cosas que no comprendería, su impotencia sería muy grande al saber todo lo que el ser humano piensa y calla, se sentiría tentada una y mil veces a movilizar las energías, se revelaría ante tanta injusticia y mentira, el peligro más grande consistía que de tanto simular pudiera auto-convencerse de que solo era una terrícola más y cuando se comunicaran con ella, lo tomara como una demencial fantasía, era natural que esto le sucediera a Tobías puesto que él si era un auténtico terrícola, se miraron unos a otros y sin pensarlo más la programaron, tenían que arriesgarse de nuevo, era la única forma de mantener el mestizaje, confiarían en que ella sería un pilar más para robustecer el cuerpo de resistencia, pues cada vez se acercaba más la inevitable guerra, desafortunadamente el planeta tierra que es un punto clave en el Universo, cada vez está siendo más contaminado por el gemelo, sin que el resto de las galaxias lo pueda evitar.

Para hogar de Exell fue escogido un pequeño pueblo, nacerá de una pareja ya entrada en años, esto compaginaría con el reajuste que harían en el tiempo, pues estaba estipulado que les faltaba poco para que se les cumpliera el ciclo de vida.

Tobías se despertó, se sentía cansado y melancólico, suspiró profundo, estaba seguro de que lo sucedido no era más que otra crisis de profundo delirio, se alegró de que nadie lo hubiese presenciado, sintió unos toquecitos en la puerta de su habitación.

– ¿Quién? – Preguntó, al tiempo que miraba su reloj, se

sobresaltó, eran las siete de la noche.

– Soy yo Lucrecia, pero no te levantes cariño – Sin decir más entró, se sentó junto a él.

– ¿Qué medicamento tomaste?

– ¡Medicamento! – Respondió él extrañado.

– Has estado inconsciente hace ya muchas horas, el médico te hizo un chequeo, nos preocupamos muchísimo, puesto que ni con el lavado de estómago reaccionabas, tu padre está seguro que tomaste una fuerte dosis de somnífero, ¿acaso intentabas matarte?

– ¡De que hablas! – Respondió él bastante mortificado.

Ella como siempre perdió el control, en tono agresivo dijo: – ¿Acaso te molesta tanto el estar comprometido conmigo?

El guardó silencio, no quería dar pie a una discusión inútil, mintió al decir: – Sabes muy bien que sí deseo casarme contigo, tomé los somníferos porque me sentía muy inquieto y no podía dormir, posiblemente tomé el medicamento equivocado, pero te aseguro que en ningún momento intenté quitarme la vida, es verdad que tengo algunos problemas, pero nada que no pueda resolver.

Ella respondió aún disgustada: – Tu padre no lo cree así, pretendía internarte en el sanatorio, pero como siempre yo me opuse.

El guardó silencio sintiéndose aún más comprometido con ella, se quedó mirándola, con infinita apatía le dijo: – Lo que más deseo es verte feliz, si en algo te ayuda puedes fijar ahora mismo la fecha de nuestro matrimonio.

El hosco gesto que se reflejaba en el rostro de ella cambio como por arte de magia, asumió una infantil postura que en nada la favorecía, en su rostro no atractivo se dibujo una sonrisa de oreja a oreja, lo abrazó, lo besó y no dejaba de hablar como una chiquilla.

Tobías hacía un esfuerzo muy grande para soportarla, su cuerpo, mente, alma se revelaban.

Ella continuó con su pegajoso acoso.

Tobías sintió ganas de gritar, pero se controló, no quería herirla, pero muy a su pesar llegó hasta su mente el dulce recuerdo de la maravillosa Exell.

El implacable Juez del destino dijo a Anti: – Tú podrás

atraparla y hacer que en el gemelo la esclavicen.

– Es una estúpida idea, ¿por qué entregarla?, ¿acaso olvidas el poder que tengo aquí en la tierra?

– No, no lo olvido, como tampoco olvido el rotundo fracaso que siempre has tenido en lo que a ellos se refiere.

Anti respondió bufando: – Si fueran tantos mis fracasos, el Universo no estaría contaminándose, todos estarían bajo el influjo del amor, por lo tanto gozarían de la verdad absoluta, si no fuera por mi impecable trabajo los Jueces del Destino no existirían.

Anti se sintió nostálgico, salió de la mansión del placer y se dirigió a la mansión del poder y la avaricia, estaba repleto de terrícolas y de seres de otros planetas que se disputaban con furor cada gota del embriagante néctar, todos pretendían convertirse en la Mente Universal Dios, los miró con infinito desdén, eran tan estúpidos que no lograban darse cuenta que nada era real, se enfureció al ver como derrochaban la energía, sintió un profundo deseo de hacerles ver la realidad, pero si lo hacía, todos correrían a refugiarse en el infinito amor de la Mente Universal Dios, quien les daría la oportunidad de estar en el umbral de la muerte, donde se percatarían de su siniestro juego, se arrepentirían de haberlo practicado sin importarles la dolorosa y angustiante espera, es más lo harían gustosos, porque tendrían la certeza de que alguien los ayudaría a pasar el oscuro túnel para luego regocijarse con la verdadera luz, la absoluta verdad y el auténtico AMOR, ¿quién querría cambiar toda esa maravilla por el absurdo, grotesco y frágil espejismo que él les había estado dando?.

Se retiró en silencio, su energía se retorcía, se sentía profundamente solo, más aún sabiendo que otro Exilon vendría y era una fémina, si él lograra enamorarla, contaminarla, por y para siempre, podría demostrarle a la Mente Universal Dios que era más poderoso que la verdad, la luz y el verdadero AMOR, se acercó a la laguna, se despojó de su una y mil formas, vio su maravillosa y auténtica figura reflejada sobre la superficie, escuchó la música, su energía empezó a sublimizarse, sintió la Sagrada presencia de la Mente Universal Dios, montó en cólera, rápidamente se vistió de soberbia y grito: – No, no, claro que no lograrás atraparme, te demostraré que soy muy superior.

En forma de huracán recorrió la tierra dejando a su paso destrucción, muerte y profunda desolación, confundió aún más las pobres mentes para que pensaran que era un castigo de la Mente Universal Dios, se introdujo en las entrañas de la tierra, retorciéndose de furia, se quedó quieto y pensó: Le pondré una y mil trampas, esta fémina de Exilon será mi compañera, con ella procrearé mi propia especie, con la cual creceré y me multiplicaré hasta no dejar libre un solo espacio en todo el Universo, esa será mi victoria final, de esa forma le demostraré a la Mente Universal Dios que soy más poderoso que él y ya no tendrá nada que disputarme, si él no hubiera puesto el umbral y el túnel de la muerte yo sería sin duda alguna el dueño absoluto de todo lo creado.

Bufó de impotencia al recordar que la energía estaba esparcida en forma magistral, observó con atención a los terrícolas era como analizar cajas de diferente tamaño y color, pero todos poseían la misma cantidad de energía, si decidiera destruirlos a todos y contabilizara cuantos mantenían su esencia pura, esta a duras penas le alcanzaría para llegar a una de las tridimensionales puertas que conforman el infinito Universo, se entristeció, se enfureció y con infinita soberbia gritó: – La tierra ya me pertenece y con ella otros planetas, no lograrás vencerme.

En ese mismo instante la energía de Exell entraba en el claustro materno de la mujer, la pareja no lograba entender el maravilloso milagro, siempre habían deseado un hijo, más ahora no se atrevían a decirle a nadie por lo cual decidieron refugiarse en la cabaña que estaba más allá de la montaña.

El tiempo tierra fue reajustado por lo cual Exell nació y creció como un Exilon 9.

La pareja terrícola sintió que había vivido veintiún años y habían sido los más bellos de toda su existencia, cuando les llegó el momento de partir lo hicieron llenos de alegría y profunda paz.

De ahora en adelante Exell tendría que recorrer sola los terrícolas caminos, con profunda tristeza miró al infinito, suspiró y dijo: – No sé cuándo podré regresar a mi verdadero hogar.

Entró a la cabaña y se miró en el viejo espejo, este le

devolvió la imagen de una jovencita delgada con rostro de niña, miró una y otra vez las viejas fotografías, no cabía la menor duda que ella se parecía a la bondadosa mujer, que había prestado su claustro materno para que ella ahora estuviera allí sin ningún problema, pero ya era tiempo de comenzar su misión, ella sabía muy poco de los Terrícolas, no lograba comprender ese cúmulo de emociones, pero lo que más le desconcertaba era como podían fingir sentimientos que estaban muy lejos de sentir; como pensaban una cosa y decían otra sin que sus congéneres escucharan. De tanto observar y analizar comprendió que de esa actitud nacía el engaño y la perversa mentira, era un enfermizo juego en el que de una u otra forma todos participaban, iba de un lugar a otro desempeñando diferentes trabajos, muy pronto se dio cuenta que la misión por la cual había venido a la tierra era casi imposible de cumplir, los Terrícolas mutaban pensamientos, sentimientos en fracciones de segundos, se vio tentada a reajustar las mentes para que sus mensajes quedaran registrados y fueran ejecutoriados, antes de que lo volviera a pensar fue llamada a orden.

La voz dijo con firmeza: – Si haces lo que piensas, violarás las leyes y códigos, ¿acaso piensas movilizar energía?, ¿acaso olvidas lo que esto implica y significa?

Exell estaba aturdida, era como si no lograra entender con absoluta claridad lo que la voz le decía.

Los Exilon 9 estaban preocupados, el traje terrícola, podía afectar la purísima energía de Exell y sin saberlo se convertiría en la enemiga más implacable, se prostituiría y con ello abriría la más peligrosa puerta tridimensional, contaminando aún más el planeta tierra y el resto de galaxias, los hechos ya son irreversibles, solo podrían prestarle un poco de ayuda en casos extremos, corriendo el riesgo que fuera y enviada a cualquier galaxia enemiga, no sin antes haber sido sometida a brutales experimentos, los Terrícolas pensarían que habría muerto, pero los perversos que están infiltrados no perderían la oportunidad.

Anti se sintió profundamente satisfecho, los Exilon 9 sentían temor de los Terrícolas y de otros planetas que estaban bajo su dominio, al parecer no se habían percatado que él se encargaría directamente de ella, eso le daba mucha ventaja.

116

La jefa del albergue donde trabajaba Exell se enfureció contra ella y sin darle o pedirle explicación alguna la echó del lugar.

Ella a punto de llorar optó por recoger sus pocas pertenencias, las colocó en orden en una pequeña maleta, caminó sin rumbo fijo, se sentía muy sola y muy triste, toco muchas puertas, recibió un sinnúmero de humillaciones, ya era de noche se sintió hambrienta y cansada, recordó que en el albergue no le habían dado los papeles con los cuales se compra el alimento y se paga el refugio para permitir que la materia descanse, sintió que no era necesario ir a reclamar esos absurdos papeles, dejaría su incómodo traje terrícola, se refugiaría en algún manantial o en algún maravilloso bosque, salió, tomó el cuerpo y lo colocó junto a la pequeña maleta que estaba bajo el puente, la brisa arrastraba suavemente la luminosa silueta.

Los pocos que lograban verla pensaron que era su imaginación, sin embargo quedaba dentro de ellos una maravillosa sensación de amor, paz, libertad y una mística esperanza, no se atrevían a comentarlo para evitarse burla y malas interpretaciones.

Ella tras nutrirse de la energía del bosque, se introdujo en el cristalino manantial, su energía descansaba plácidamente.

Luego escucho la voz que con ternura le dijo: – No podrás evadirte siempre, caso contrario nunca aprenderás que es lo que más afecta a los Terrícolas, si ellos pudieran abandonar su cuerpo como tú, no estarían tan contaminados, ahora mismo regresa a tu traje, enfrenta y confronta lo que no entiendas, lo que no te guste, como son la soledad, la tristeza, el desamparo, la impotencia, haz lo que ellos hacen para resolver cada problema, ayúdalos y permite que te ayuden, pero jamás olvides que nuestras leyes y códigos son sagrados, recuerda siempre que para ellos, el oro, las gemas y otros, son una fuente directa de contaminación, todo esto despierta en ellos la codicia, los hace poderosos, los pone unos contra otros, disputándose la mansión del poder, el cual les da el derecho de dedicarse únicamente a complacer la materia, cuando te digo que hagas lo que ellos hacen para resolver sus problemas, no te estoy diciendo que imites lo que los contamina, busca en la

117

inocencia de los niños, busca la fortaleza de los labradores que antes de salir su sol, preparan las entrañas de la tierra para verter en ellas las semillas que les proporcionaran su diario sustento, aprende la supervivencia de los animales, no cometas imprudencias, debes comprender que los pocos Terrícolas que conocen la existencia de vida en otros planetas, lo ocultan con gran celo, sobre todo no debes olvidar que se han aleado a las galaxias enemigas, por ser estas las que les hacen creer que les darán el poder absoluto sobre todo el Universo, si llegaran a sospechar que estás entre ellos no durarán un instante en experimentar de una y mil formas, cuando no logren descifrar tu estructura molecular te entregaran sin miramiento alguno a sus aleados y tú ya sabes lo que eso significa, sin dejar tu terrícola traje intenta comunicarte con los pocos Exilon 9 – 8 y 7 que custodian la tierra.

Ya estaba amaneciendo, Exell salió del cristalino manantial, se sintió muy triste al tener que comprender que tendría que aprender a disfrutar de la genial e indescriptible belleza y gran pureza de la naturaleza como lo hacen los terrícolas, quienes teniendo todo no tienen ni la más remota idea de lo que poseen, claro que no tienen la culpa, pues su ovoide mente no les permite ver ni sentir la vibración que emana la naturaleza, si lograrán comprender que bastaría con que reunieran toda la energía de cuerpo, alma, mente y espíritu para corregir las coordenadas y cerrar las puertas tridimensionales para evitar la infiltración de tantos corruptos que pretenden apoderarse del jardín del Edén, si lograran comprender la horrenda traición de su gemelo, quien fue quien cometió el más aberrante acto de soberbia contra la Mente Universal Dios, acto que fue conducido por Luz Bel, pues antes de que este terrible acto se cometiera, lo que ahora es el planeta tierra era el acuático jardín donde la Mente Universal Dios, se reunía con los infantes de cada Galaxia para instruirlos sobre cada especie que creaba.

Acababa de crear los minerales, los soles refulgieron sobre el oro, la plata, los cristales y las gemas brillaron en todo su esplendor, la Mente Universal Dios había prohibido a todas las galaxias que se reflejaran sobre las cristalinas aguas, todo lo que Él deseaba era que el acuoso jardín fuera habitado por animales, vegetales y minerales, lo creó para mayor recreación y satisfacción de todo su Universo, pero lo quería libre de la figura humana, ya había creado suficientes maravillas en cada galaxia.

Luz Bel dijo a los habitantes del gemelo: – La Mente Universal Dios los está engañando, se que creará humanos superiores a los de cualquier galaxia y serán ellos los dueños absolutos del jardín y del resto de galaxias, más si nos reflejamos antes de que los cree, seremos nosotros los únicos dueños.

Sin pensarlo un instante se reflejaron en las cristalinas aguas.

La Mente Universal Dios se retiro en silencio cerrando indignado su sagrada dimensión, desde entonces cada galaxia a intentado comunicarse, pero hasta ahora ninguna ha obtenido respuesta.

Jesucristo vino justamente para encontrar la forma de hacer que los Terrícolas entendieran la verdad de la Mente Universal Dios, más lo único que logró fue que muchos tomaran el nombre de la Mente Universal Dios para usarlo en beneficio propio, distorsionando sus sagradas enseñanzas para lograr sus oscuros propósitos, a Jesucristo le quedó muy claro que lo que el Terrícola no entiende o no le conviene, lo destruye como lo hicieron con su cuerpo, aún no entienden que él no da cosas materiales, aún no entienden EL YO SOY LA VERDAD Y LA VIDA...

Exell dirigió su energía con gran prudencia, ahora entendía su dura situación, su cuerpo o traje terrícola ya no estaba bajo el puente donde ella lo había dejado, vio como los autos se chocaban, a los conductores solo parecía importarles ver lo que flotaba sobre ellos, rápidamente sacaron cámaras y filmadoras, ella no entendía lo que hacían y decían, cada vez se aglomeraban más y más, sintió un profundo temor al darse cuenta que era su presencia la que producía aquel fenómeno, se redujo hasta quedar convertida en un punto luminoso, sabía muy bien que no podía regresar al manantial, sentía la frenética vibración de los terrícolas, giró sobre todos, mando una pequeña descarga para anular lo que ellos hubieran logrado captar con sus máquinas, la única alternativa que tenia era subir hasta la atmósfera.

Su presencia hizo que el avión quedara estático, esto la confundió y la atemorizó aún más, entonces optó por filtrarse, al hacerlo cayó dentro de una copa que sostenía uno de los pasajeros, en el momento que iba a salir el hombre ingirió el trago, hizo un veloz recorrido por el cuerpo buscando un lugar para alojarse, se detuvo en el cerebro, el hombre grito, por sus ojos y su boca salió un resplandor que iluminó todo el avión, los pasajeros se conmocionaron, las ancianas oraban y gritaban que el hombre estaba poseído. Exell sabía que si se movía con brusquedad dañaría para siempre aquella masa gris, se quedó muy quieta.

El hombre se sintió profundamente relajado e invadido por una maravillosa sensación de bienestar, ella se dejó arrastrar por el torrente sanguíneo que la condujo al corazón, el hombre sentía como todo el Amor Universal bullía en su pecho, se levanto y habló en forma tan maravillosa que logró hacer latir con profunda emoción el corazón de todos cuantos iban en el vuelo, se arrepintieron de todos sus errores, prometieron a la Mente Universal Dios cambiar y practicar el Amor Universal.

Más Satán, Anti o Luz Bel que siempre habita en cada ser se enfureció, dio un fuerte remezón en la mente de los pasajeros, estos sintieron una gran aversión por el hombre que momentos antes los había hecho reflexionar, lo miraron y vieron como su rostro se transfiguraba de humano a animal.

El avión estaba a punto de aterrizar.

Anti se apoderó de la mente del piloto y copiloto, obligándolos a hacer maniobras suicidas.

Los pasajeros culparon al hombre, quien no pudo defenderse del brutal ataque, yacía en el piso del avión, de su boca, oídos y nariz manaba la sangre, ninguna de las azafatas se acercó a prestarle ayuda, la energía empezó a desprenderse lentamente del maltrecho cuerpo.

Exell se angustió, ella era la única responsable, no podía permitir que el espíritu del hombre se marchara sin haber cumplido su ciclo de vida, salió del campo corístico y antes de que alguien pudiera mirarla lanzó una fuerte descarga, todos quedaron inconscientes, el avión quedó estático, en fracción de segundos ella hizo que la energía o espíritu regresará al cuerpo del hombre.

Este se levantó sonriendo, se veía mucho más joven y fuerte.

Ella le dijo telepáticamente: – Eres un nuevo ser, tu mente captará lo que otros no pueden, podrás dar energía curativa a todo ser viviente, más si haces mal uso de estas facultades tendrás que responder con tu alma ante la Mente Universal Dios, no le cuentes a nadie lo sucedido aquí y ahora, pues si lo haces me estarías traicionando, por lo cual arruinarías tu vida.

El hombre juró e hizo una solemne promesa de cumplir lo que ella le pedía.

Anti se introdujo en uno de sus mejores trajes que era el de un anciano adorable, pero muy desvalido, puso a funcionar una doble vibración con lo cual logró confundir a Exell, pues le hizo ver y sentir que estaba dentro del copiloto, pues este intentaba atraparla tomando una y mil formas, el anciano hizo un sonido.

Por un momento ella pensó que se trataba de un Exilon que estaba allí para ayudarla, pero no tuvo tiempo de analizar nada, la energía del copiloto estaba a punto de hacer explotar el avión, ella se redujo hasta quedar convertida de nuevo en un luminoso punto.

El anciano no perdió ni una fracción de segundos, emitió algunos sonidos de los Exilon 9.

Ella se sintió feliz, le llamarían la atención por el tremendo error de haber salido y por todo lo ocurrido, pero la regresarían a su terrícola traje, ella les demostraría que había aprendido muy bien la lección.

Miró al anciano quien sonriendo dijo: – No temas, yo soy el guía, entra en mí, ningún terrícola se percatará, te llevaré a tu terrícola traje, haré que tu estadía en la tierra sea muy placentera.

Exell sintió que el campo magnético del anciano la atraía aún en contra de su voluntad.

Los Exilon 9 – 8 y 7 se estremecieron, ellos no podían hacer nada para evitar que Anti se apoderara de ella.

La energía de Exell continuó acercándose muy lentamente.

Anti sintió que vibraba como hacia milenios, el morbo lo traicionó, por lo cual su campo magnético se descontroló.

En fracción de segundos Exell vio lo aterrante de la tierra del gemelo hasta llegar al planeta 6, aprovecho la embriaguez de Anti, salió en forma precipitada del maléfico campo, vio parada frente a ella una joven y bella mujer que tenía colgado sobre su pecho una hermosa medalla en la cual estaba gravado el rostro de Jesucristo, miró fijamente la medalla, entonces vio como el Nazareno le extendía sus manos, presurosa se dirigió hasta él.

Le escuchó decir: – YO SOY LA VERDAD Y LA VIDA, aquí o en cualquier lugar del Universo, más ten cuidado con Anti el no perderá un solo momento para tentarte, te tenderá trampas, ven refúgiate en el trozo de metal, como podrás ver a ellos les queda una remota idea de mi imagen, ojalá lograran comprender que solo necesitan invocar mi nombre o simplemente pensar, pues siempre protejo a quien me pide ayuda, más aún no han entendido que no soy dador de cosas materiales, que no puedo darles lo que piensan y sienten que es la felicidad, aún no comprenden que ANTI los mantiene esclavizados a su efímera materia, siempre están hambrientos y sedientos, pero no por su espíritu, piensan en forma muy errónea que lo alimentan y nutren al ir a un templo, a hacer una falsa oración en la cual siempre incluyen petitorios para la satisfacción personal, otros se dedican a mortificar la materia con el solo propósito de lograr descubrir los misterios de la Mente Universal Dios, son hipócritas, fanáticos que no se dan cuenta que al martirizar tanto su materia también están rompiendo sagradas leyes como aquellas que dice: AMA COMO TE AMAS A TI MISMO, más como Anti les pone como condición doblegar por completo la materia para darles el poder de movilizar una pizca de energía, pobres seres, no se percatan del grotesco juego, los confunde a unos, los pervierte haciéndolos cometer atracos, actos de lascivia y violencia, de los otros toma el sentimiento de poder que experimentan a sus semejantes, pues por un momento se sienten dioses, son halagados, admirados, respetados y muy codiciados, son los sabios, los maestros en lo oculto, de esta forma los mantiene aún más esclavizados que a los mismos pervertidos, los cuales

122

tarde o temprano se hartan y buscan su auto-destrucción o se arrepienten, él les da un castigo tras otro, porque cuando este arrepentimiento llega es siempre en la vejes o en el momento de la muerte física, sea esta la propia o del ser que más aman, es un amor egoísta, pero AMOR y es este sentimiento el que trae la paz y la añorada libertad; contra el Amor Anti no posee potestad alguna.

Exell se refugió en la medalla, pasaría inadvertida, pues al ver el luminoso punto todos pensarían que era un diamante o un brillante.

Anti no pudo acercarse, la luz que expelía la medalla hería todo su ser.

El avión aterrizó sin contratiempo alguno, de la mente de los ocupantes se borró por completo el incidente, más no sucedió lo mismo con el hombre cuya energía ella había regresado y programado.

Anti se percató de ese detalle, caminó tras el hombre y cuando estuvieron entre el gentío del aeropuerto fingió un ataque al corazón.

Antes de que los paramédicos llegaran el hombre dijo:
– No soy médico, pero me han dado la facultad de curar y hasta de revivir a los muertos.

La gente se arremolinó, la prensa se apresuró abrirse paso, ese espectáculo falso o verdadero prometía ser una buena noticia y cualquier acto espectacular representa dinero, el lugar se convirtió en un gran circo.

Los paramédicos se opusieron arguyendo que podría tratarse de un truco preparado por el anciano y el otro hombre, la prensa fue la primera en apoyar a los paramédicos, estos tras examinar dijeron: – Apártense este anciano apenas tiene signos vitales.

Con marcada soberbia el hombre dijo: – Yo haré que se levante.

Todos lo miraron con incredulidad.

El colocó sus manos en los puntos clave.

El anciano se levantó, sonrió, agradeció y dijo:
– Realmente tienes poderes hijo.

La prensa lo acorraló, mientras el resto de personas se peleaban entre sí para lograr acercarse, fotografiarlo, pedirle que los atendieran al costo que fuera, pues querían ser curados de sus uno y mil males.

Anti miró la medalla y dijo burlón: – Sentirás rencor contra ese hombre, querrás castigarlo por haberte traicionado, anda véngate, quítale los poderes que le diste, destrúyelo.

Exell se sintió muy triste, escuchaba como el hombre revelaba todo cuanto había pasado en la aeronave.

La mujer en cuyo cuello colgaba la medalla dijo: – Que hombre más estúpido, ahora los de la Nasa lo convertirán en su conejillo de Indias.

Movió de un lado a otro la cabeza y salió, iba directamente a su departamento, pero no supo ni cómo ni por qué cambió su ruta, entró al hospital general, los médicos la saludaban con familiaridad, entró al anfiteatro en forma maquinal abrió el congelador.

El guardia dijo: – Ya le hicieron la autopsia, pero parece ser una NN, ¿pero cuál es tu interés Mariana?

Respondió desganada: – Alguien busca a una joven, pero no me creerías si te digo que olvidé las características y el nombre.

El guardia sonrió

Ella se sintió muy incómoda.

El dijo: – Te confirmare, si es NN.

Ella frunció su rostro e hizo un forzado gesto de afirmación, salió rápidamente, subió a su auto y dijo: – Dios Santo que me ha pasado, ¡uf! Creo que me afectó el incidente del aeropuerto.

Llegó a su pequeño pero confortable departamento, tras ordenar el equipaje se dispuso darse una buena ducha.

Exell se asustó, sabía muy bien que si su energía era expuesta al agua, irremediablemente crecería, entonces la dulce y bella Mariana creería que se estaba volviendo loca, pues queriéndolo o no recordaría lo ocurrido en el avión.

Escuchó la sarcástica voz de Anti cuando dijo: – Solo yo puedo ayudarte o sacrificarás a otros Terrícolas, ven te daré un bellísimo cuerpo, una genial identidad con la cual lograrás engañar a todos, dejaré que cumplas la misión, es más yo te ayudaré, así demostraras a todos los Exilon que eres superior.

Ella encogió aún más su energía, recorrió de un extremo a

otro la medalla, buscando la protección del Nazareno.

Entonces lo escuchó decir: − No olvides que yo también fui tentado por él y ni mi padre se inmiscuyó en mis decisiones.

Mariana ya había metido los pies en el agua.

Anti le mostraba el bellísimo cuerpo.

El Nazareno guardó silencio.

Se sintió tentada a mover energía para que Mariana se sintiera forzada a retirar la medalla de su cuello.

Anti la miró con profunda ansia, si lo hacía, él tendría un triunfo doble, era movilización de energía para su beneficio, él tendría todo el derecho de tomar la cadena junto con la medalla y colocarla en el campo corístico del cuerpo que le estaba ofreciendo, esto dejaría desprotegida a Mariana quién sería presa del fatídico odio de Lucrecia Albán.

La imagen de Tobías entró como fulminante rayo en la mente de Mariana, sacó los pies de la bañera, caminó lentamente hasta quedar sentada sobre la blanca alfombra, con gran suavidad retiró la cadena de su cuello, miró con infinita ternura la medalla, con gran fe hizo una oración que salió de lo más profundo de su ser, recordó a Tobías, pero estaba totalmente segura que él ni siquiera recordaba que alguna vez ella lo atendió en su lecho de enfermo, sonrió y dijo: − Parece que la soledad no es tan buena compañera, ni siquiera sé por qué siento nostalgia por él si solo fui su enfermera y es extraño porque amo a todos mis pacientes, pero no se que tiene este hombre que se me quedó clavado en el alma como si lo conociera de siempre, como si fuera el gran amor de mi vida, soy bastante incoherente, pero como me gustaría conocerte, como me gustaría que me amaras, como yo siento que te amo. ¡Ah! mi amado Nazareno si eso fuera posible siempre te lo agradecería, pero en fin ni siquiera sabe de que yo existo, colocó su medalla sobre su velador, sin saber por qué sintió una gran alegría, se dirigió al baño y disfrutó plenamente del agua que corría por su cuerpo.

Anti se enfureció, pues su ansiedad lo había traicionado de nuevo, miró la medalla y dijo: − De ahora en adelante seré más precavido, pero no pienses que voy a darme por vencido.

El implacable Juez del destino se regocijaba viendo como Lucrecia Albán se apresuraba en los preparativos de su boda.

La servidumbre se sentía muy tensa, pues ella por la más mínima equivocación se ponía histérica, destruía todo y había que empezar de nuevo sin dejar de traslucir el más mínimo asomo de disgusto o fatiga.

Ella no tenía ni la más remota idea de el respeto que merecen las demás personas, era uno de esos seres que piensa que el humilde no es persona, simplemente son seres inferiores que nacieron para servir a personas como ella, por lo cual a nadie debe importarle si se cansan o se enferman.

La negra Gregoria ya no sabía cómo disimular el dolor que agobiaba su viejo cuerpo, sabía muy bien que si se quejaba la echaría sin miramiento alguno, la escuchó gritar dando órdenes a diestra y siniestra, por un pequeño incidente montó en cólera, la negra Gregoria sabía que el único que lograría calmarla era Tobías, discretamente tomó el teléfono y se comunicó con él.

El implacable Juez junto con sus aleados había subido el telón, el primer acto de la trágica Ya Escrita Historia de Tobías había comenzado.

Mariana continuaba disfrutando de sus vacaciones.

Anti no la perdía de vista ni un solo instante, sabía que tarde o temprano Mariana se metería en el agua por lo cual Exell se vería obligada a salir de la medalla y aceptar el cuerpo que él le ofrecía, pero como Anti carece de toda virtud y la paciencia es justamente eso, él no soportó más por lo cual indujo a Mariana.

Como autómata tomó el pequeño maletín que estaba en el otro asiento del auto, lo colocó sobre sus rodillas, parqueó su pequeño auto, tomó el maletín y se dirigió a los vestidores.

Los guardias de seguridad del lujoso club solo se miraron entre sí, nunca le habían visto, pero aún así ninguno se atrevió a pedirle identificación.

Ella sentía que su cuerpo quemaba por lo cual se apresuró a cambiarse, llevaba tanta prisa que no vio al hombre, tropezó bruscamente, quedaron abrazados, sintieron como una maravillosa sensación los envolvía, se miraron perdiéndose el uno en las pupilas del otro.

El dijo en un susurro: – Siento que te conozco.

La vibración era tan fuerte que estaban a punto de besarse.

La mujer gritó histérica: – ¿Tobías acaso te has vuelto loco?, suelta de inmediato a esa mujerzuela.

Exell hizo que la vibración entre ellos fuera aún más fuerte por lo cual no escuchaban.

Anti se enfureció y los arrojó a la piscina.

Lucrecia Albán estaba a punto de sufrir un infarto.

Pues los presentes no lograban disimular ni su asombro ni la satisfacción que sentían por la inesperada actitud del débil Tobías, las mujeres se sentían más que felices.

Exell se refugió en el fondo de la piscina, todos pensaron que la luminosidad no era otra cosa que los rayos del sol que al reflejarse contra el agua formaban aquellos primorosos arreboles.

Anti se introdujo en el cuerpo de Lucrecia, quien dejó de lado su cardiaco ataque, se levantó como un huracán y ordenó que vaciaran la piscina.

Tobías y Mariana continuaban uno en brazos del otro, girando embelesados dentro de la luminosa agua.

Quienes los observaban sentían una agradable sensación de admiración, ternura y respeto por el verdadero amor, las parejas se abrazaron, en silencio se miraron a los ojos, sintieron como la energía del uno entraba dentro del otro y viceversa, la sensación que experimentaban era tan diferente que no podían ponerle con facilidad un calificativo, simplemente desearían que no terminara.

Nadie escuchaba los gritos, aullidos, alaridos de furia de Lucrecia Albán, ni los guardias más fuertes del club lograron detenerla para que no vaciara la piscina, el agua se fue reabsorbiendo lentamente.

Exell se sentía feliz, había descubierto que el Terrícola no estaba tan contaminado como parecía, bastaba una adecuada radiación para que dejaran aflorar la pureza del verdadero amor, cuando ya estaba todo seco, giró siete veces.

Lucrecia gritaba una y otra vez para que todos la vieran.

Anti no podía salir del cuerpo de Lucrecia, ella estaba tan enardecida que no lo dejaba fluir, tuvo que reconocer que de nuevo se había equivocado.

Escuchó la sarcástica risa del implacable Juez del Destino.

Esto lo enfureció al grado que el cuerpo de Lucrecia se

hinchó como un globo para luego ser azotado contra muebles y paredes.

Exell quedó convertida en un pequeño punto luminoso y se introdujo de nuevo en la medalla.

Mariana y Tobías salieron tomados de la mano.

Las parejas se separaron y vieron a Lucrecia retorciéndose y vomitando una baba negruzca y espantosamente fétida.

El sol se ocultó, todo se oscureció, los presentes fueron invadidos por un miedo atroz, empezaron a agredirse sin saber el cómo ni el por qué.

Mariana y Tobías viajan en silencio tragándose lentamente la larga lengua de asfalto, se miraban de vez en cuando y sonreían con gran ternura.

Era de noche el cielo estaba cuajado de estrellas, la luna de cuarto creciente brillaba más que un cristal expuesto al majestuoso sol, de su plateado vientre arrojaba destellos multicolores.

Los campesinos colocaban toda clase de recipientes llenos de agua para que la luna se reflejara, esa agua sería catalogada como mágica y sagrada, nunca antes habían visto algo tan bello.

Mariana y Tobías también se quedaron alelados frente al mágico espectáculo.

La vieja Meche se acercó a Tobías, con gran alegría le dijo: – Patroncito, esto sí que es un milagro de Diosito y María Santísima, yo ya lo hacía casado y "lejíjimos" "perdío" "puallá" con esa diabla y yo sin "podelo" alertar de que es parienta "cerquijíjima" del Reverendo K. Popper.

Tobías miró intrigado a la anciana, luego dijo: – Meche, primero yo ya no soy tu patrón, tú y tu familia son ahora los dueños de la Libertad y no sé de dónde sacas que Lucrecia Albán sea familiar del Reverendo.

La anciana miró de reojo a Mariana.

Tobías sonrió y dijo: – No te preocupes, que si ella acepta mañana nos casaremos en la capilla del pueblo.

¡Ay! niña bonita diga que sí.

Como respuesta Mariana lo abrazó y le dio un beso en plena boca.

La anciana cubrió su rostro con las manos, se volteó y dejo escuchar una pícara risita, luego dijo con un gusto que le salía del fondo del alma.

– Que "gueno", pero que "gueno" que se "hayga" "quedao" vestida y todita alborotada la perversa diabla esa, que vino aquí junto con "tuitica" esa sarta de "endemoniaos" "apoya" por el mismito "pae" de "uste", diciendo que en cuanto se casaran ella "mesmita" en persona iba a echarnos como perros sarnosos, el "lenguilero" que les acompañaba nos dijo que ella decía la "mera" "verda", porque lo que "uste" había "regalao" no servía "pá" nada, "pos" porque "uste" estaba loquito y no sabía nada de nada y "quesque" "pá" comprobarlo estaba la "jirma" de no sé cuantos loqueros, pero nosotros teníamos fe de que Dios y María Santísima no iban a permitir que esa "geroz", se quedara con "tuitico" lo que "jue" de la niña Josefina.

Tobías tras escuchar todo aquello sintió un profundo dolor, como era posible que su padre fuera tan duro, cruel e inescrupuloso, que con tal de apoderarse aún cuando fuera de alguna pequeñez, se hubiera prestado al grotesco juego de Lucrecia y su familia, echo a andar en absoluto silencio.

Mariana se quedo parada observándolo.

La vieja Meche se dirigió a la casa, le hizo señas para que la siguiera pero algo muy fuerte la indujo a seguirlo.

El no se había dado cuenta que ella caminaba tras él en absoluto silencio, al llegar a la orilla del río se sentó junto a este y lloró como un niño.

Mariana sintió un profundo dolor, pues imaginaba que lo hacía por Lucrecia, era como si despertara de un hermoso sueño, que hacía ella allí junto a casi un desconocido que lloraba amargamente al enterarse que la mujer con la cual pensaba casarse solo estaba interesada en su inmensa fortuna.

Anti mandaba una y otra descarga sobre la mente de ella, quien a pesar de sus nobles sentimientos empezó a sentir una espantosa furia interior, Tobías la había llevado hasta la hacienda para divertirse con ella como despedida de soltero, lágrimas de rabia corrieron por las tersas mejillas.

El implacable Juez del Destino gritaba enardecido:
– Contra atácala es tu oportunidad y la mía.

Pues sin darse cuenta ella apretujaba con fuerza la

medalla, si se enfurecía más, cadena y medalla caerían irremediablemente al fondo del río entonces la energía de Exell crecería en su totalidad, no podría hacer lo que hizo en la piscina, si era verdad que la luna brillaba esplendorosamente, pero la luz de Exell la opacaría, atrayendo la atención de humanos y animales, entonces no tendría otra alternativa que aceptar el cuerpo que Anti le ofrecía.

Exell experimentó una terrible angustia, ella no podía hacer nada por cambiar los tristes pensamientos que agobiaban a Mariana, sentía las perversas intenciones de Anti, entonces decidió sacrificarse, ella había cometido el imperdonable error de abandonar su terrícola traje, no permitiría que ningún Exilon se expusiera a quedar atrapado en algunas de las dimensiones que hay que atravesar para llegar a la tierra, ella correría el riesgo de intentar regresar, aun cuando sabía que era prácticamente imposible pues las leyes cósmicas no son reversibles, si los terrícolas la atrapaban, experimentarían con su energía hasta que se agotara, esto significaba su muerte, pues un Exilon 9 – 8 y 7 que sea atrapado en la tierra sin cuerpo o sin estar cumpliendo una específica misión se convierte en polvo cósmico hasta el fin de los tiempos, si es atrapado en otra dimensión bajo los mismo términos es esclavizado y su energía es utilizada para fomentar el engaño y la maldad, entonces pensó que era mejor caer en manos de los científicos Terrícolas.

Los Jueces del Destino que estaban a favor de Tobías vieron allí su oportunidad, el ciclo de vida de la joven campesina estaba por terminar, como ellos tienen la potestad de acortarlo, la joven prendía en fiebre, se levantó, salió de su humilde rancho y se dirigió al río.

Anti hizo que Mariana perdiera todo su auto-dominio, arrancó con furia la cadena y la arrojó.

En ese mismo instante la corriente arrastraba el ya inerte cuerpo de la joven campesina.

Los Jueces instruyeron a Exell para que sin pérdida de tiempo entrara en él.

Mariana sin pensarlo un instante se lanzó a las torrentosas aguas.

Tobías estaba tan sorprendido que por un instante no

supo qué hacer.

Anti se enfureció consigo mismo, cómo era posible que se estuvieran burlando de él que era el amo de la tierra y de otras dimensiones.

El implacable Juez del Destino gritaba temeroso: – Anti no los dejes escapar, acaba con ellos.

Anti miró fijamente las corrientosas aguas y dijo: – No haré nada por ayudarte, los dejaré por ahora, tiempo es lo que me sobra – Se alejo con la profunda convicción de que tarde o temprano lograría apoderarse de Exell.

Tobías nadó hasta alcanzar a Mariana, que a duras penas podía sostener el cuerpo de la joven, ya en la orilla se dispusieron a prestarle los primeros auxilios.

Exell reajustaba su energía en el cuerpo que los bondadosos Jueces le habían regalado, el viento del norte, del sur, del este, del oeste, se conjugaron en uno, liberando de toda energía negativa y todo cuanto estaba rodeando a Exell.

El río se apaciguó, toda la vegetación se energizó, la vibración exquisitamente coordinada hizo que todo refulgiera en su real dimensión, los colores del mar y del cielo se fundieron en uno permitiendo que estrellas y peces pudieran besarse.

Tobías Y Mariana fueron testigos de la grandeza de la Mente Universal Dios, estaban embelesados sintiendo y escuchando lo que debían hacer con sus terrenales vidas.

Tobías preguntó por Exell, pero no hubo respuesta.

El sol con sus dorados destellos se poso sobre ellos, se sentaron y vieron como las olas del mar morían sobre la blanca y brillante arena, se miraron en silencio por unos instantes.

Ella preguntó extrañadísima: – ¿Dios mío que pasó?, recuerdo que...

Tobías la abrazó con infinita ternura diciéndole quedamente: – Amor no hagas preguntas, disfrutemos de lo que el buen Dios y los bondadosos Jueces del Destino nos han regalado, ahora sé que nunca estuve loco, perdí la oportunidad de ser un privilegiado por mi absurdo temor a lo desconocido, ahora estoy seguro que ese maravilloso ser de luz se sacrifico no solo por cambiar mi terrible y cruel destino, sino por muchos otros inocentes de la gran creación.

Mariana solo atinó a decir: – ¿Lo vivimos o lo soñamos?

– Lo vivimos pero por favor no trates de entenderlo, si lo haces te pasará lo que a mí y no querrás pensar que estás loca.

Ella abrió su mano y vio como la medalla con el rostro del Nazareno daba preciosos destellos.

El colocó en el cuello de ella la cadena, se tomaron de la mano, se dirigieron al pueblo, ella escogió un traje sencillo pero muy   lindo, cuando llegó a la iglesia se sintió inmensamente feliz.

La peonada lucía sus mejores galas y habían formado una calle de honor, las pequeñas campesinas parecían musas, la que más le llamó la atención era aquella joven que guiaba a las pequeñas, había algo muy triste pero al mismo tiempo dulce y tierno en su mirada.

La hacienda estaba vestida de gala, los novios fueron recibidos con música, los gritos que vivan los novios se escuchaban desde lejos.

El perverso Juez del Destino de Tobías cayó como un fardo entre los espinosos limoneros, llegó a la tierra vestido de etiqueta, tenía la misma edad de Tobías, físicamente podía decirse que era su gemelo, en el trayecto hacia la tierra fue programado por lo cual ahora sentía todo el dolor mental que se había acumulado en Tobías desde su nacimiento, con gran furia lo vio reír y bailar junto a su dulce y bella esposa, vio como los Jueces que habían estado a favor de Tobías ahora celebraban su formidable victoria, escuchó la ronca y sarcástica voz de Anti.

– ¿Recuerdas cada línea de la historia que escribiste?

– Vete al infierno.

– ¿Y a dónde crees que estamos?, aquí hay muchos que se inventan su propio cielo, pero cuando Jueces estúpidos como tú, fallan y se equivocan, mi trabajo se multiplica para evitar que sean felices en su totalidad, pero tengo que aceptar que la energía de seres como ellos ya está muy lejos de mi alcance, pues cuando aplico tormento se resignan y oran, pero lo más peligroso para mi es cuando comprenden lo irreal de mi castigo, puesto que son seres transitorios.

Iba a explicarle que los seres vivientes no son más que un cúmulo de energía, que son una sola imagen que se proyecta frente al distorsionado espejo, haciéndoles sentir y pensar que son millones de millones, sintió como el cerebro del Juez se convertía en tres trillones de trillones de átomos, es decir que ya se había humanizado por completo, ahora ignoraría el poder de su energía, por lo cual estaría a su merced, él no desaprovecharía la oportunidad de utilizarlo a su favor.

Los Jueces quisieron recordarle el cómo, el cuándo y el por qué.

Antes de que lo hicieran respondió: – Está en mis dominios por lo cual me pertenece, ahora yo escribiré una historia para él.

Miró a Exell que se encontraba refugiada en el cuerpo de la campesina.

Los Jueces dijeron: – No te le acerques.

– ¿Cómo harán para evitarlo?, ella también está en mis dominios, mi historia será simplemente fantástica, personajes: Un homónimo él, un homónimo ella, perfecto, simplemente perfecto.

Los Jueces se miraron entre sí, eso significaba que Exell sería Mariana, decidieron hablar con los Jueces que habían escrito la historia de Mariana.

Ellos respondieron bastante disgustados: – Exell es responsable de que se haya alterado la Ya Escrita Historia de Tobías por ende la de Mariana, ella había nacido para ser amante y morir a manos de su rival.

El bondadoso Juez dijo indignado: – Ustedes solo escriben trágicas historias sin darle una sola oportunidad al pobre ser.

El Otro respondió furioso: – ¿Qué hacen esos seres para cambiar lo que estipulamos?

– ¿Qué pueden hacer si siempre están dormidos?

– Podrían dejar su comodismo.

– ¿Acaso olvidas que la tierra no es más que una pequeña escuela de preparatoria?

– Una brutal escuela donde nosotros jugamos un papel muy importante. ¿Por qué no se nos unen?, como puedes ver Anti va ganando la partida, al final de los tiempos él y nosotros que somos sus fieles colaboradores podremos disfrutar plenamente de todo el Universo.

El bondadoso Juez sonrió y dijo: – Esto solo me indica que hasta el fin de los tiempos existirá el bien y el mal, más no olvides que todo y todos provenimos de la Mente Universal Dios, ya veremos que harán las sombras que habitan en la oscuridad cuando se abran las puertas de la luz y el sagrado misterio de la Mente Universal Dios sea revelado – Se retiró en silencio, miró con gran tristeza hacia la tierra y pensó: Pobres Terrícolas, están siendo brutalmente utilizados por Anti y sus aleados, miró hasta la sexta dimensión y dijo a uno de sus compañeros: – Hay más horror que en la tierra, eso es justamente lo que desespera a Anti, sabe que el fin de los tiempos ya está cerca y aún no ha logrado contaminar por completo la energía de la tierra, el imagina que al mantenerlos dormidos y actuando sonambulescamente ya los ha esclavizado, más nada puede hacer contra el umbral y el túnel de la muerte, las trampas que ha colocado, para lo único que le han servido es para aterrar a los más débiles, a los que se aferran a lo que suponen son sus bienes materiales o el egoísta amor que sienten por sus congéneres, entonces los hace regresar bajo otra apariencia física, muchos piensan que es la Mente Universal Dios quien les regresa, no entienden que lo único que hace es la pregunta y mientras por libre albedrío no decidan entrar en la luz continúan siendo dueños de su energía, más cuando deciden descender corren el inminente riesgo de entrar a una de estas aterrantes dimensiones, si regresan a la tierra serán mucho más vulnerables al contagio, los únicos que regresan impregnados de un maravilloso Amor Universal son los que atraviesan el umbral y el túnel sin haber cumplido su ciclo de vida, más como Anti no pierde la más mínima oportunidad de intentar apoderarse de la energía divina que todo ser lleva consigo, los atormenta hasta hacerles detestar la vida, al hacerlo están detestando al dueño de la vida y de la muerte; por ende se convertirán en fácil presa para él.

Los Jueces oraron por todos los Exilon, que cumplen secretas misiones en la tierra y en las otras dimensiones, pues son ellos los encargados de preparar todo para que las puertas de luz se habrán y la Mente Universal Dios revele su maravilloso secreto, mientras la contaminación continúa avanzando, más demorará este en ser revelado.

Exell llevaba una tediosa vida entre aquellos campesinos que ignorando por completo quién era ella la trataban con dureza, sus supuestos padres y hermanos se quejaban arguyendo que de un tiempo acá no era la misma, pues pasaba mucho tiempo pendiente de los animales enfermos, evitando siempre que se les aplicara castigo, era muy torpe en los quehaceres domésticos, se ocultaba en el monte sin dar explicación.

El nuevo y joven capataz, la miró sintiéndose fuertemente atraído por ella, entonces dijo: – Como puedes ver solo eres una carga para tu pobre familia, ¿cómo te llamas?

– Mariana – Respondió desganada.

La supuesta madre dejo caer un golpe seco sobre el rostro de la joven y mirándola con ira dijo: – Como que "juera" "jorma" de responder a quien representa al patrón, no te agaches como una mula y "repetí", me llamo Mariana del Socorro "pá" servirle señorito.

Ella sintió una molesta inquietud, pues el hombre disfrutaba la chocante actitud de la mujer, levanto sus tristes ojos y dijo: – Ya escuchó usted a mi madre señor.

– Si, pero quiero oírtelo decir.

Sin dejar de mirarlo respondió: – Es usted un odioso prepotente.

El hombre se enfureció: – Así que aparte de perezosa y buena para nada también eres respondona, si ustedes no deciden otra cosa, me la llevaré para que trabaje en otra hacienda, allí le enseñaran a trabajar, pero sobre todo a respetar, pues si se queda de verdad que van a tener serios problemas, no solo conmigo si no con los demás capataces, tu potranca correrás, no querrás ver a tu familia sin techo.

Exell bajó sus tristes ojos y sin decir una palabra se dirigió al rancho, recogió sus poquísimas pertenencias y las echó dentro de la roída mochila.

Al salir el capataz le ordenó que subiera a su caballo.

Ella sintió que lo hacía con el propósito de hacerla enfurecer, respiró profundo, subió sin objetar nada, miró a su supuesta familia, aún con la esperanza de que no permitieran que se la llevara, pero todos le dieron la espalda marchándose sin despedirse.

El capataz dijo burlón: – Ahora estas en mis manos y haré contigo lo que yo quiera.

El caballo echó a andar.

Ella no sabía que el Terrícola, todo lo que deseaba era dar rienda suelta a su instinto animal, por lo cual no lograba entender el profundo rechazo que sentía hacia él.

Los peones muy consientes de las intenciones de su capataz, tomaron otro camino, este sonrió satisfecho, un poco más adelante se detuvo frente a los matorrales, bajó del caballo, lanzó sobre ella una lujuriosa mirada.

Vio como Anti desplazaba la energía del hombre, para él posesionarse por completo, ella lo miró fijamente y dijo: – Si deseas el terrícola traje tómalo, más no olvides quienes me lo donaron.

El se sintió muy satisfecho, ella ignoraba por completo la sensación del sexo animal, la poseería y la esclavizaría convirtiéndola en una terrícola más, anhelante siempre de una dosis de sexo, materialista, egoísta, soberbia,ególatra, olvidaría por completo quién era, por lo cual negaría enfáticamente la existencia de la Mente Universal Dios, por ende la vida de otros planetas, se dedicaría a complacer su materia, puesto que sentiría que después de esta vida no existe nada absolutamente nada.

Se acercó lentamente y dijo con suavidad: – No temas, no te haré daño, yo no quiero apropiarme del terrícola traje que los bondadosos Jueces te donaron, solo quiero que seas mi amiga, como has podido ver es muy injusto que me culpen de toda contaminación, tu cometiste el error de perder el terrícola traje con el que te enviaron, lo mismo me sucedió a mí, solo que los bondadosos Jueces se apiadaron de ti y te donaron el que ahora posees, de mi nadie se apiadó y es por eso que tengo que utilizar cualquier materia.

Ella recordó los momentos que pasó sin su terrícola traje, lo miró con ternura, su energía vibró repleta de amor universal y dijo: – Si necesitas el terrícola traje para regresar y postrarte ante la Mente Universal Dios, tómalo sin resquemor alguno.

Anti se quedó perdido en sus propios pensamientos, recordó como la Mente Universal Dios lo llamaba, Luz Bel, él era entonces la más maravillosa luz del Universo, más el dulce sentimiento se transformó en furia, ira, odio, se apartó bruscamente, su voz se convirtió en rugido

– No, yo soy Lucifer el príncipe de los ángeles rebeldes, cuando llegue el fin de los tiempos todos comprenderán por qué me revelé, tu eres un Exilon 9, todo lo que deseo es que seas mi compañera aquí y ahora.

– No Anti, yo vine a la tierra en específica misión, cuando llegue el fin de los tiempos tu comprenderás que la Mente Universal Dios no se disputa con nadie el poder ni la gloria, tu a pesar de considerarte el ángel rebelde continúas siendo creación divina, será muy difícil para ti comprender que el Divino Creador solo conoce el amor, nunca ha pretendido competir contigo, es tan bondadoso que cerró sus puertas y se quedó allí en su sagrado silencio, respetando el libre albedrío de quienes te siguen y destruyen lo ya construido, permite que lo culpen del dolor, la angustia, la desesperanza, la injusticia y la inicua esclavitud que aplicas en la tierra y en otras dimensiones de las cuales te has apoderado, más si lograras entender que un hijo jamás podrá ser el padre de su propio ser.

– ¿Quieres decir que solo El tiene la potestad de ser Padre, Hijo y Espíritu Santo?

– Ese es el gran misterio que en el fin de los tiempos nos será revelado.

Anti parecía haber enloquecido de furia, todo quedó sumido en tétrico silencio, el sol se ocultó, la oscuridad fue total, el viento se enfureció, se formaron remolinos que conducían los aterradores sonidos que salían por la boca de Anti, lanzó una boconada de fuego, la tierra bramaba y se sacudía con brutal violencia.

Exell salió de su terrícola traje, danzó e hizo celestiales sonidos, estos fueron respondidos por los Ultraterrestres, el viento, el agua, el fuego se aquietaron, por ende la tierra, ella entró muy de prisa al terrícola traje sin darle tiempo a Anti que lo destruyera.

La miró fijamente y dijo: – Si decidieras ser mi compañera entonces yo lograría ser padre, hijo y espíritu, ¿no puedes entender que lograríamos ser los dueños absolutos de todo el Universo?, tu y yo nos convertiríamos en...

– Silencio – Dijo Exell con voz clara y fuerte.

El la miró desafiante y dijo: – Ahora te sientes muy segura, pero ya veremos si soportas el infierno de vida que te haré pasar aquí en la tierra, intentarás buscarme como lo hacen muchos, me llamarás y querrás convertirte en mi esclava, harás una y mil cosas para agradarme, más no olvides que yo soy el que elijo.

– Lo sé – Respondió con profunda tristeza, al percibir la indoblegable soberbia de él, tenía la potestad de poseer al masculino y al femenino, los hace cometer actos atroces, pero siempre se queda sin nada, pues el umbral y el túnel de la muerte son los lugares de purificación donde todo ser reconoce sus errores arrepintiéndose, pagando por cada pensamiento, palabra u omisión, con cada fragmento molecular de su energía de la cápsula o traje, pues de una u otra forma en este quedan microscópicas partículas energéticas, es por esto que Jesús el Nazareno prometió regresar por los vivos y los muertos, más al ver lo que existe realmente más allá del cordón de plata, ¿quién querría quedarse en el doloroso infierno de Anti?, si lograran despertar y unirse en una sola vibración de verdadero amor, entenderían que aquí todo es irreal, los millonarios son absurdamente esclavos de sus fortunas, viajan, comen, beben, mal gastan su preciosa energía complaciendo en forma desenfrenada a la materia, juran y perjuran que aman profundamente a la Mente Universal Dios, más la verdad es que primero se hartan de complacer su materia y luego dedican unos minutos a Dios, esperando que luego este les retribuya el sacrificio con más cosas materiales, los pobres dedican más tiempo a la Mente Universal Dios pidiéndole les permita llevar la vida que según ellos les dio a los millonarios y multimillonarios; este es uno de los juegos favoritos de Anti.

Le hace mucha gracia ver como un ser que él había condenado a la miseria, en el primer momento de obtener la multimillonaria fortuna o una pequeña fortuna, llora, se arrodilla y da gracias una y otra vez a Dios, pero en fracción de minutos, la implacable soberbia se apodera de ellos, automáticamente ven a sus vecinos, a sus compañeros de infortunio y al resto de su familia como seres inmensamente inferiores, directamente se van a competir con los millos y multimillos, por lo cual empiezan a padecer de tedio, estrés, desamor y por último se convierten en hipocondríacos, nunca están satisfechos, cuando perciben que van a quedar en la indigencia hacen lo que Anti les pida.

Exell vio a Anti en su máxima belleza y en lo más aterrante de su fealdad.

El Capataz miró a un lado y otro, tratando de recordar algo, miró con displicencia a la muchacha, con voz cortante ordenó: – Baja del caballo, ¿acaso piensas que te llevaré como princesa?

Ella se limitó a obedecer, caminó tras el jinete por horas.

Este se detenía de vez en cuando para tomar un poco de agua de su cantimplora y decir: – Apresura el paso.

La sed, la fatiga que producía el candente sol hicieron que el débil cuerpo de ella cayera una y otra vez sobre el áspero camino, ella trataba de respirar profundo pero el aire se quedaba tan quieto que tenía que buscar ayuda en su propio aliento.

Ya casi era de noche, el implacable Juez del Destino miraba hacía la lejanía ignorando por completo la majestuosidad del paisaje, las semillas germinando, rompiendo la envoltura para inhalar la vida, el verde mezclándose en todas sus tonalidades, para tomar antojadísimos pero maravillosos colores, no veía el dorado trigal bailando, danzando y enamorando la brisa, no disfruto de las uno y más gracias que hacen los animalitos antes de permitir que el dulce sueño los doblegue, como tampoco se percató del bullicioso despertar de los noctámbulos. Sentía una espantosa furia interior por lo cual mentalmente repetía: – Yo el más grande de los Jueces ahora soy médico, por lo tanto tendré que curar a sus múltiples dolencias a estos odiosos seres que tanto detesto por su inagotable estupidez.

La voz del capataz lo sacó de su ensimismamiento al decir: – Patrón como se que usted está de recién llegado y nada sabe sobre la hacienda vengo a presentarle mis respetos y a ponérmele a sus órdenes, por el momento quiero informarle.

El Juez se quedó mirando a la indefensa muchacha que a duras penas lograba sostenerse en pie, se sintió mareado, vislumbró uno y mil colores, la vibración estremeció cuerpo, alma y mente, el implacable Juez quedó convertido en el Tobías de su escrita historia, sin escuchar una sola palabra de lo que decía el capataz, preguntó con marcada indignación: – Quién es esa joven y por qué se encuentra en tan lamentable estado.

El capataz respondió muy seguro de sí mismo: – No se preocupe patrón, solo es una sirvienta más que acabo de traer.

Se quedó mirando al capataz y dijo: – Si eres responsable por el lastimero estado de esa joven puedes darte por despedido, si hay algo que detesto es la injusticia.

Ella no pudo sostenerse más de pie, por lo que cayó de bruces.

El se acercó de prisa, la tomó entre sus brazos miró con indignación al capataz, ordenó que prepararan una de las mejores habitaciones para atenderla, tomó su equipo médico, a medida que la examinaba, sentía que una dulce y hermosa sensación se apoderaba de todo su ser, se sentó junto a la cama, la miró en silencio descubriendo en ella la exótica belleza que solo poseen las flores que nacen y crecen en la cima de los más altos y frondosos árboles, quienes las ocultan con gran celo de toda indiscreta mirada y qué no decir de cualquier pensamiento mal intencionado, en ese momento sintió unos golpecitos en la puerta: – ¿Quién? – Preguntó disgustado.

– Perdón Doctor – Dijo una voz femenina.

Salió cerrando la puerta con sumo cuidado, no alcanzó a preguntar.

Escuchó la voz que angustiosamente decía: – Nos dijeron que aquí vive un médico, por favor el accidente fue atroz.

Sin esperar tomó su maletín y salió de prisa.

El hombre estaba totalmente ensangrentado pero no permitió que lo atendieran, él solo quería que el médico fuera al lugar del accidente, él se comunicó por radio pidiendo una ambulancia.

Al llegar vio un auto en llamas.

El hombre a pesar de sus heridas se arrodilló y dijo: – ¡Oh Dios!, si la señorita Lucrecia a muerto, su familia no solo me matará a mí, sino a toda mi familia, le juro que yo no tuve la culpa, ella me pidió que fuera a más velocidad, quise explicarle lo peligroso que era, pero ella se enfureció, se lanzó sobre mí y me hizo perder los frenos y mire usted el resultado, pero me culparan a mí, solo a mí.

El médico lo levantó, con voz firme ordenó: – Tranquilícese, ¿acaso no se da cuenta de que está mal herido?

A lo lejos se escuchaba el ulular de la ambulancia.

El herido no obedecía la orden del médico, pues caminaba tras él buscando incesante el cuerpo de Lucrecia Albán, entonces alcanzó a decir: – Doctor allá entre los matorrales – Y cayó perdiendo la conciencia.

La ambulancia llegó, el médico sostenía entre sus brazos el cuerpo de Lucrecia, al llegar a la clínica ella recobró el conocimiento y lo primero que hizo fue acusar al chofer de negligencia, pero el pobre hombre ya había fallecido.

Cuando el médico se acercó para refutar su mentira, ella exclamó: – ¡Tobías mi amor!

El médico la miró sorprendido y respondió: – Si, mi nombre es Tobías, pero no puedo ser su amor puesto que acabo de conocerla.

Ella cayó de nuevo en total inconsciencia.

El médico de cabecera de los Albán se acercó y le dijo: – Qué clase de profesional es usted, ¿acaso no se da cuenta del grave estado de ella?

Quiso refutar, si ella tuvo fuerzas para acusar al chofer en qué consistía su gravedad, pero optó por guardar silencio, se dispuso a retirarse, quería regresar cuanto antes a la hacienda, le preocupaba el estado de la muchacha, ella sí, realmente estaba mal.

En ese momento se le acercó el padre de Lucrecia, quien no pudo hacer distinción entre el Juez del Destino y el auténtico Tobías, por lo cual dijo recriminatorio: – Supongo que ya estás satisfecho con todo el daño que has causado a mi hija.

El quiso explicar.

Pero el padre de Lucrecia no lo dejó hablar, fue terminante al decir: – Quieras o no, tendrás que cumplir, ¿acaso olvidas todas las deudas que tienes pendiente conmigo?, ya sé que lograste legalizar en nombre de esos infelices campesinos la hacienda la Libertad, te pareció muy fácil refugiarte con tu amante en otras de las haciendas que te dejo tu madre, ahora te sientes muy seguro porque piensas que lograste recuperarlo todo.

El Juez del Destino trató de entender todo cuanto el hombre decía, pues aún se sentía tridimensionado, por lo cual había muchas cosas que aún no lograba entender.

El padre de Lucrecia se retiró muy disgustado.

Cuando todo quedó en absoluto silencio Anti se paro junto a él y dijo burlón: – Pobre amigo mío, ahora no entiendes que eres Tobías, pues el de tu escrita historia se encuentra muy pero muy lejos de aquí, disfrutando con su esposa la nueva historia que escribieron para él, olvidó por completo el pasado y ahora está totalmente seguro de que sus padres murieron cuando él era solo un bebé, por lo cual ve a sus abuelos como los únicos padres que conoció, su mente está llena de los bellos recuerdos de su infancia, si te paras frente a él y le relataras su triste pasado, se reiría de ti y lógicamente pensarías que estás loco.

– Olvidas a la mujer, ella tiene que recordar como lo conoció.

– Ella solo recuerda haber pasado una luna de miel maravillosa, en un exótico lugar donde los dos tuvieron el mismo fantástico sueño, pero solo era una fantasía, en tu vida han pasado solo unas cuantas horas, para ellos años, no olvides que tu eres Tobías el de tu escrita historia y nada ni nadie podrá cambiar los hechos.

Exell o Mariana tras cumplir con el arduo trabajo de la hacienda, caminó por los parajes hasta llegar al lugar donde las aguas del río se mezclan con las del mar, allí solo se escuchaban las voces del río, las voces del mar, las voces del viento, se sintió tentada de salir del terrícola traje para disfrutar un instante de la auténtica libertad, pero se dio cuenta que no estaba sola, Anti se encontraba agazapado entre la naturaleza, fingiendo ser una piedra más del cantarino río, por un instante se sintió triste, miró al cielo y solo vio una hermética bóveda celeste, sintió el doloroso mordisco de la soledad, se colocó en posición solar con la esperanza de escuchar algo, de sentir una vibración con la cual lograra identificarse.

Pronto sintió que una agradable sensación de bienestar la invadía, se sintió adorada y venerada por Terrícolas y seres de otras dimensiones, sintió hambre de poder y gloria, vio los deliciosos potajes, los ensoñadores trajes hechos con plumas multicolores arrancados a las más majestuosas aves, las pieles palpitantes que eran arrancadas a los indefensos animales por la dama crueldad, quien no se inmutaba frente al aberrante dolor que infringía; cualquier deseo suyo sería cumplido sin importar cuánto hubiera que desbastar.

Se quedó quieta en absoluto silencio, entonces vio a las damas de alta sociedad, palpando con la yema de sus dedos las pieles para percatarse de que fueran autenticas y sobre todo que hubiesen sido arrancadas antes de que la rigidez de la muerte se hubiese apoderado de su legítimo dueño, vio y escuchó a las mujeres urdir una y mil patrañas para esclavizar al varón con su sexo animalesco, ellas y solo ellas eran responsables de que el auténtico amor de pareja hubiese desaparecido, pues las leyes cósmicas dicen que es el varón el que luchará por lograr que la fémina permita que su vibración entre a su campo magnético, porque la fémina es muy quisquillosa, es muy exigente, es por eso que cuando el varón logra quedarse en el magnético campo de una verdadera fémina, habrá encontrado su verdadero lugar en el Universo.

Exell se dio cuenta de que el terrícola traje no entendía lo que ella como una Exilón 9 pretendía explicarle, lo único que el terrícola traje deseaba era quedarse allí en la casa del placer.

Ella dijo con voz firme: – Anti, si no me permites salir en este mismo instante, te quedarás con el despojo del traje que me fue donado por los gentiles Jueces del Destino de Tobías, ¿acaso olvidas que soy una Exilón 9?

Anti clavó su enigmática mirada en el rostro de ella, pero sin atreverse a mirarla a los ojos, sabía que no vería la ansiosa mirada de cualquier Terrícola, sino que tendría que enfrentar el divino color del Amor Universal, que lo harían recordar su auténtica procedencia, lo envolvería la luz, escucharía la voz de la ternura, tendría que aceptar que su reino era una mísera ficción, ¿qué pasará cuando todos los seres que están bajo su dominio despierten y se den cuenta que las bellas gemas, el oro, la plata y demás minerales, solo son un adorno más que la

Mente Universal Dios colocó con el único propósito de dar más luz y color al magistral jardín Universal?, ¿qué pasará cuando los terrícolas hayan terminado de destruir la flora y la fauna?, ¿con qué alimentarán su pobre materia?, ¿qué pasará cuando los fogonazos de la radioactividad acaben con la capa protectora?, ¿qué pasará cuando el genial, maravilloso, bendito jardín se convierta en un tenebroso y calcinante desierto?, ¿qué pasará cuando los Terrícolas ya no pretendan ser superiores entre sí poseyendo castillos y castilletes, mansiones y residencias, casa, casitas, casuchas?, ¿qué pasará cuando comprendan que el único traje auténtico se llama cuerpo y que posee su propia luz y color?, ¿qué pasará cuando la Mente Universal Dios diga a toda su creación lo que tiene que decir?, se vio reflejado en uno de los muros de cristal, su belleza iba más allá de lo descriptible, sintió sobre él la mirada de Exell, se enfureció, miró al cielo y gritó: – No quiero tu piedad ni tu amor, no lograrás despertarlos y menos aún rescatarlos.

Cayeron rayos y centellas.

Anti se sumergió en las profundidades del mar, tratando de apagar esa luz divina que muy a su pesar continuaba viva y latente, esperando pacientemente que él comprendiera que hiciera lo que hiciera jamás dejaría de ser creación divina.

Exell contactó con los Ultraterrestres, vio como su energía cumplía a cabalidad con la misión estipulada, más aún faltaba mucho que hacer, ella tendría que soportar todo su calvario para lograr las metas fijadas, su vida como Terrícola la haría llorar lágrimas de sangre por ella, por los que consideraría como suyos y que serían los que menos la comprenderían, pues sería expuesta al escarnio, a la burla, pasaría gran pobreza material, Anti la perseguiría para obligarla a movilizar energías, más ella tenía muy claro el valor de la energía, se cuidaría para no malgastarla y haría que un sinnúmero de seres comprendieran ese valor, les explicaría en forma simple y sin dogmas que cada Terrícola posee su carga energética, esto es igual A: Un viajero que planifica llegar al lugar escogido, disfrutando a plenitud cada céntimo invertido, pero si antes de emprender su soñado viaje, malgasta cada céntimo, ¿podrá realizar su viaje?, ¿alguien daría crédito a un indigente?, quién querría donar su cúmulo energético o pase a un ser que malgastó el suyo en alcohol, drogas, sexo, acumulando solo cosas materiales para sentirse superior, dedicándose única y exclusivamente a satisfacer su materia, ignorando por completo con pedantería su espíritu o esencia divina, utilizando la trillada frase que la vida es una sola y hay que vivirla y gozarla, pues yo solo creo en lo que veo y toco.

Exell emprendió el camino de regreso, al entrar a la hacienda fue increpada duramente por el capataz, luego recibió la orden de recoger sus pocas pertenencias ya que sus servicios eran requeridos por la futura esposa del dueño de la hacienda, sin refutar nada obedeció, el auto se tragaba la larga lengua asfáltica, ella en silencio reciclaba la maravillosa energía solar que se filtraba a través del polvo cósmico.

Al llegar a la formidable residencia de los Albán, fue la negra Gregoria quien la instruyó en sus quehaceres, día tras día soportaba los violentos ataques, en más de una oportunidad se sintió tentada a soltar sobre la endemoniada mujer una descarga magnética que la dejaría rodillijunta y patidifusa o patitiesa que es lo mismo, eso era desperdicio energético.

Lucrecia Albán tan pre-humana, tan prepotente, materia siempre predispuesta para satisfacer los caprichos de Anti.

– Exell – Gritaba Lucrecia enardecida.

La servidumbre se miró entre sí.

La negra Gregoria dijo con voz pausada: – Todos sabemos que en esta casa no vive nadie con tan extraño nombre, seguramente mi niña está bajo el raro efecto que le produce el nuevo medicamento, yo iré a atenderla.

Exell se sintió muy inquieta, rápidamente dijo: – Es mi obligación la señorita está bajo mi cuidado.

Gregoria insistió: – Iré yo, la conozco y la amo como si la hubiese traído al mundo.

Sin más subió de prisa a la habitación.

Se escuchó un terrible estruendo, la negra Gregoria rodó escalera abajo mientras la voz de Lucrecia se escuchaba ronca y sórdidas palabrotas flotaban en el aire impurificándolo todo.

Exell subió corriendo la escalera, se sintió terriblemente culpable por haber permitido que la negra Gregoria lo hiciera por ella, bien sabía que no era Lucrecia si no Anti, miró hacia abajo y vio el cuerpo de la pobre mujer cuya energía ya empezaba a desprenderse, bajó, la tomó entre sus brazos y quedamente dijo: – Por favor regresa aún no es tu tiempo – Dejó que por la yema de sus dedos saliera la energía de vida, cerró fuertemente los ojos, su mente le indicaba que el resto de la servidumbre las observaba atentamente, si ella habría sus ojos todos verían su verdadera identidad.

Los gritos de Lucrecia eran ensordecedores.

Exell se vio en verdaderos apuros, si alguien tocaba su terrícola traje, ella y quien le tocara correrían el inminente riesgo de desintegrarse o peor aún, entrar en cualquier dimensión de donde no lograrían regresar, respiró profundo y contuvo el aire hasta sentir que se asfixiaba, sabía muy bien la gran cantidad de energía que con esto consumía y lo difícil que era recuperarla, pero no podía exponer a seres inocentes que nada sabían sobre esto.

El mayordomo la tomó bruscamente por los hombros y dijo: – Sirvienta buena para nada, ¿acaso no escucha que la señorita Lucrecia necesita que la atiendan?, ¿acaso es más importante para usted atender a esta insignificante negra?

Las luces parpadearon y Gregoria recobró el conocimiento.

Exell respiró lo más profundo que pudo sin abrir aún sus ojos, subió presurosa, entró en la habitación y tuvo una fuerte confrontación con Anti que se negaba a salir de la materia de Lucrecia, se escuchó un dulce cántico, las luces se prendían y apagaban como si alguien estuviese jugando con los interruptores, los vidrios crujían, las copas y vasos estallaban como si estuvieran siendo expuestos a gran temperatura.

En ese momento llegó el prometido de Lucrecia, que no era otro que el perverso Juez del Destino que ahora se veía obligado a vivir su maquiavélica historia, por lo tanto era llamado por todos Dr. Tobías, solo por momentos recordaba quien era en realidad porque el resto del tiempo, pensaba y sentía como Tobías de su escrita historia.

Al entrar a la habitación, sufrió un desdoblamiento, tomó la forma del implacable Juez del Destino, se abalanzó sobre Exell gritando: – Tú, solo tú eres responsable de lo que me pasa, lanzó sobre ella poderosas descargas magnéticas.

Anti esperaba ansioso que ella abandonara su terrícola traje, puso en máxima alerta a los hombres de negro o guardianes dimensionales, estaba seguro de su triunfo, él destruiría el terrícola traje, mientras los guardianes se apoderarían de ella haciéndola prisionera en la casa del placer, donde él la esclavizaría y con ella a todo Exilon 7 – 8 y 9.

Una de las descargas impactó brutalmente el frágil cuerpo, la energía de Exell pugnaba por no tener que salir, pero si recibía otra en el cuerpo se rompería y ella quedaría a merced del infame Juez, que como premio regresaría al palacio destinal donde esperaría plácidamente el paso del planeta que había cubierto el nacimiento de Tobías, haría una corrección a su Ya Escrita Historia, pero no para favorecer a Tobías, él simplemente invertiría los roles protagónicos, la dulce y maravillosa Mariana que se había casado con Tobías, asumiría el diabólico patrón de conducta de Lucrecia Albán, mientras que Lucrecia sería la víctima, se regocijaba imaginando el cambio, pero tenía que darse prisa, el planeta que había cubierto el nacimiento de Tobías estaba a punto de pasar; esto le enfureció por lo cual se dispuso a contra atacar a Exell.

Todos los Exilon 9 que realmente son contados se pusieron en máxima alerta, telepáticamente formaron una infranqueable barrera de luz, protegiendo así el maltrecho cuerpo, sus angelicales sonidos hicieron estremecer a Anti, quien volvió a verse reflejado en todo el esplendor de su original belleza, al no poder soportar el cúmulo de amor, optó por lanzarse por el ventanal, el Juez del Destino fue encapsulado en una burbuja rosa satín por lo cual cayó sin conciencia a los pies del lecho de Lucrecia, el terrícola traje de Exell fue reconstruido en fracciones de segundos.

Corrió una brisa suave, tibia que arrastraba consigo el aroma de una y mil fragantes flores.

Lucrecia abrazó a su prometido asumiendo una ridícula actitud infantil que en nada calzaba con ella, porque de dulce e ingenua no tenía nada, al percatarse de la joven montó en cólera, arguyendo que estaba violando su privacidad.

Los días siguientes fueron de gran ajetreo, los preparativos de Lucrecia demandaban gran trabajo pues a ella todo le parecía mal, nada la calmaba, él único que lograba que algo avanzara era él, el día anterior de la boda montó en cólera, desbaratándolo todo.

Al padre de Lucrecia le hacían mucha gracia los horrendos desafueros de su hija.

La servidumbre en su impotencia se desahogaba lanzando sobre ella toda clase de malos augurios, la única que se preocupaba realmente era la negra Gregoria, quien se apresuraba dando los últimos toques al ajuar de la novia.

Exell hacía en silencio su trabajo, ella bien sabía lo que ocurriría, ahora lo que si le preocupaba era la horrible persecución que Anti había emprendido contra ella simulando ser un hombre muy guapo, de gran fortuna, pero de grandes y nobles sentimientos, ella no podía olvidar que estaba dentro de un terrícola traje que no había sido diseñado exclusivamente para ella, se sintió muy mal al recordar lo que había sucedido por lo cual se dijo mentalmente: Se que fui responsable de la pérdida de mi insustituible traje, por lo cual prometo que este terrícola traje, que cuando haya concluido mi misión con el Juez, permitiré que se desarchiven los sueños e ilusiones de su auténtica dueña.

Anti se enfureció por lo cual dijo amenazante: – Ella era una pobre y triste campesina, cuyos únicos sueños eran casarse con cualquier peón y su máxima ilusión ser la esposa de un capataz, si intentas hacer algo así mataré de la peor forma a ese intruso.

Ella sonrió y respondió: – Tú no tienes potestad donde existe el amor puro, donde la ternura endulza la amargura.

Los Jueces del Destino que habían obsequiado el traje, sonrieron sintiéndose congratulados, nunca imaginaron que Exell quisiera exponer su magnífica energía, para ella era más que calamitoso el habitar en el estrecho cuerpo, pero no tenía alternativa, si los Terrícolas lograran entender y aceptar que los habitantes del Universo son todos humanos y que así como en la tierra existen diferentes razas, en el resto del Universo sucede lo mismo, solo con más marcada diferencia como: Estatura, diferente conformación genética, unos dirían que su belleza no la pueden describir o que la fealdad los aterra hasta el punto de provocarles un infarto, de los que denominan bellos esperan que les den lo que el Nazareno les dio como es: Salud, dinero, amor, pues confunden este sentimiento con la pasión, de un egoísta que raya en lo dantesco, piensan y sienten que amar es poseer, sintiendo como propiedad absoluta lo que aman, por lo cual lo defienden con pasión y furor, llegando al extremo de matar, incluso lo que aseguran amar.

Los hermanos de Lucrecia hacían agrios comentarios, pues según ellos, Lucrecia ya no era la misma, ahora la veían como una empedernida moralista, solo Dios y sus subalternos sabían que ella no poseía ni una pizca de moral, ella solo poseía un pestilente espíritu carroñero donde Anti hacía y deshacía.

Ahora reía satisfecho viéndola vestida de blanco como si fuera una mujer pura y virginal, pero no era tanto por el traje exterior, él disfrutaba la farsa, ¿qué haría el Nazareno cuando ella abriera su boca para recibir el cuerpo de Cristo?

Exell se sintió muy triste y con lágrimas en los ojos dijo: – El Nazareno nunca da la espalda, él entrará a sabiendas que lo estarás esperando para lanzar sobre él tu asqueroso vómito, tratarás de herirlo sin piedad apoyado por el espíritu de ella.

Eran las doce del día cuando ella salió rumbo a la iglesia, el sol estaba radiante, un grupo de supuestas amigas comentaba con marcada ironía la fabulosa suerte de Lucrecia y se lamentaban del infortunio del novio, cuando la caravana de autos se aproximaba a la iglesia, el sol se ocultó, el cielo se lleno de negros nubarrones dando paso a un fortísimo aguacero, las mujeres se miraron entre sí, la negra Gregoria se santiguaba sin parar, los dogmas religiosos salieron a relucir, al fin todo quedó en silencio dando paso a las notas de la marcha nupcial, cuando el padre de Lucrecia la entregó, el collar de perlas que pendía de su cuello se rompió y estas fueron a caer junto a los pies del novio.

La negra Gregoria quiso gritar que detuvieran la ceremonia, pero fue duramente reprendida por su ignorancia y sus supersticiones, como si lo supiera no habló sobre el destino.

El Juez miró todo el entorno, sintió deseos de escapar, su suerte estaba echada y ya nada ni nadie lo podía ayudar, ni siquiera su arrepentimiento, ahora era un simple mortal que al salir de la ceremonia jamás volvería recordar quien fue, por lo tanto se preguntaría una y mil veces cual era el motivo por el cual tenía que soportar tanto y tan cruel sufrimiento, antes de que su mente se sumergiera en el letargo sueño del Terrícola, telepáticamente pregunto a Exell, si estaba dispuesta a cumplir el rol de Mariana amante.

Ella sin pedantería alguna respondió: – Lo lamento, pero ni tú ni Anti tienen potestad sobre mí.

El archivo del terrícola traje respondió: – Si, yo seré su amante.

Ella recordó su promesa.

Escuchó la risa de Anti que salía de cada una de las imágenes que adornaban la iglesia.

Salió rápidamente dirigiéndose a la residencia Albán, tomó sus pertenencias y se fue a la hacienda la Libertad, con la seguridad de que a sus supuestos padres ya se les habría pasado el enojo, atravesó casi toda la hacienda, llegó y se paró frente al humilde rancho, su bonita figura se reflejó en una de las charcas donde el sol se divertía poniendo en el agua antojadizos colores, la brisa jugueteó con sus castaños cabellos, su rostro de niña se puso en alerta, entreabrió la boca y parpadeó, al ver que sus supuestos padres y hermanos caminaban de prisa por entre el sembrío, ni siquiera tuvo tiempo de decir una palabra, sobre ella cayo toda una retahíla de insultos, en el rostro de cada uno veía la furia de Anti, antes de que la agredieran físicamente corrió hasta la carretera, estaba sudorosa y muy asustada, sin saber qué hacer ni a donde ir.

Un lujoso auto se detuvo, el atractivo hombre que iba en la parte trasera dijo: – ¿A dónde va?

Ella ingenuamente respondió: – No tengo a donde ir señor.

El respondió sonriendo: – Todos tenemos a donde ir, yo me dirijo al próximo poblado donde mis ancianos padres han decidido pasar lo que les resta de vida, si deseas ven conmigo, te gustarán mis padres, ellos viven casi solos en una hermosa casa muy cerca del mar.

El archivo mental de Mariana la campesina, anuló por completo la energía de Exell, sin siquiera pensarlo un instante subió al auto, durante el trayecto hablaron trivialidades.

Al llegar fueron recibidos efusivamente por los padres del desconocido, realmente eran unos ancianos adorables quienes imaginaron que ella era la prometida de su hijo Gonzalo, por lo que el padre se presentó formalmente diciendo: – Yo soy Gonzalo Lucio Sender.

Mariana campesina se sintió endiosada.

Exell sintió un enorme deseo de salir de aquel cuerpo cuyas vibraciones eran demasiado bajas, ya en una oportunidad le había demostrado que solo le importaba satisfacer su materia ignorando por completo su espíritu.

La familia era poseedora de una inmensa fortuna, la residencia playera ocupaba considerable parte del poblado, incluso privando a muchos de la maravillosa vista que regalaba el formidable mar y sus doradas playas, todo aquello era propiedad privada, por lo visto los Sender eran muy celosos de lo que sentían como suyo, por lo cual habían ordenado colocar vallas electrificadas, no parecía importarles en lo más mínimo la gran cantidad de aves y demás especies que morían electrocutados.

El sol parecía un enorme globo anaranjado que matizaba las nubes, estas tomaban caprichosas formas, Mariana campesina caminaba insinuante junto al joven Sender.

La energía de Exell se redujo al máximo preparándose para abandonar aquel cuerpo.

Todo se obscureció, los rayos no tardaron en caer enfurecidos al mar, una gigantesca ola arrastró el cuerpo de Mariana campesina.

Exell dijo: – No por favor recuerden que fui yo quien prometió respetar su archivo mental.

Las furibundas voces de los Jueces del Destino respondieron: – Has olvidado que cuando te otorgamos ese cuerpo ya había cumplido su estipulado ciclo, ni tu ni nosotros hemos usurpado nada, ¿por qué quieres exponerte a ser atrapada?, ¿acaso olvidas tu misión?, ¿olvidas a los niños capturados y esclavizados?, ¿olvidas las atrocidades que están cometiendo los Terrícolas?, ¿olvidas los aberrantes experimentos de las atroces dimensiones?, ¿acaso no te has dado cuenta que los Terrícolas en su sonambulismo piensan y sienten que son los únicos que poseen vida y pensamientos?, que la mayoría ni siquiera se permiten el privilegio de la duda, han cerrado sus mentes sellándolas con un sinnúmero de dogmatismos, sabes muy bien que esto es lo que ha permitido la manipulación y el esclavismo, más su ansia de libertad los está obligando a explorar; sabes que aún son muy pocos los que están elevando su campo vibratorio.

Los Norteamericanos perdieron el contacto por su espantosa arrogancia, es aquí donde se aplicará la ley de los primeros serán los últimos, los pueblos tildados como ignorantes y sumergidos en la más terrible pobreza por poderosos, muy pronto despertarán y tomarán conciencia por lo cual los papeles se invertirán, sabemos muy bien que las sagradas leyes cósmicas te prohíben romper el libre albedrío, mientras que nosotros fuimos colocados en el Universo para escribir la historia del Terrícola y su gemelo, por favor no olvides que la energía de Mariana la campesina ya está donde tenía que estar, el cerebro del terrícola mantiene vigente su banco informativo por tiempo tierra que aún no hemos podido determinar, más eso no significa que tú estés desplazando su campo magnético, su cuerpo etéreo, menos aún su espíritu, tu error fue prometer al archivo mental, pasaste por alto su sonambulesco estado y su invariable deseo de complacer siempre la materia, pero no te preocupes, no tendrás que movilizar energías, ni romper leyes sagradas, más como no poseemos potestad sobre ti, tendrás que decidir si deseas continuar refugiada en un cuerpo cuyo archivo mental tu activaste, si tu respuesta es afirmativa, tendrás que compartir la historia que se acaba de escribir para Mariana campesina, si tu respuesta es negativa, ese cuerpo quedará en el fondo del mar como estaba estipulado.

Exell recordó su sagrada misión, pidió perdón a la Mente Universal Dios, a los habitantes del cosmos y la tierra, con infinita humildad respondió a los Jueces del Destino: – Si, me someteré y compartiré todo cuanto tenga que vivir Mariana campesina.

El maltrecho cuerpo fue rescatado por un pescador, que tenía por hogar una bella cabaña empotrada a la orilla del mar.

Anti gritó enloquecido: – No, cualquier otro menos tú, no

sería justo con mi amigo el Juez.

Exell lo miró y casi en un susurro dijo: – Tú no puedes impedir que viva lo que el mismo escribió e intentará quitarse la vida cada vez que recuerde quien es en realidad.

– No me importa lo que haga o deje de hacer ese infeliz, pero tú no lograrás tus propósitos te lo aseguro – Acto seguido Anti volcó la canoa arrastrándolos hasta las profundidades.

Ellos se tomaron de las manos convirtiéndose en delfines, ella de color rosa, él dorado.

Anti gimió como si le hubiesen herido en lo más profundo de su ser y decía una y otra vez: – No, delfines no.

Exell respondió con ternura: – En delfines si, por algo son llamados los ángeles del mar.

Se enfureció más, convirtiéndose en venenosa serpiente y sin reparo alguno mordió al delfín dorado, quien de inmediato empezó a desvanecerse, tomando forma humana.

Ella se angustió, salió muy de prisa del cuerpo de Mariana campesina y con su energía cubrió el ya casi inerte cuerpo de Tobías.

Anti se apresuró a rescatar el terrícola traje, ella lo necesitaría para emerger, había logrado su tan anhelado momento, se sintió tan frenéticamente feliz que no se dio cuenta cuando un grupo de delfines rozados se apoderaban del cuerpo de Mariana campesina, rodeando a Exell para que pudiera entrar en él.

Dejó de bailar y reír, se convirtió en volcán, vomitando fuego desde las entrañas del mar hasta su superficie.

Unos maravillosos seres de luz los rodearon, la energía de Tobías se dirigía lentamente hacia el cinturón de plata, delfines y seres de luz los ayudaron a llegar hasta la cabaña, ella lo colocó sobre la cama, se acostó junto a él en posición solar, tomó la fría mano de Tobías permitiendo que su energía alcanzara la de él que ya estaba al borde del cinturón de plata, ya ahí salto el archivo mental de Mariana campesina y recuperó la energía de Tobías, entonces cada quien entró en su respectivo cuerpo.

A pesar de los continuos ataques y tentaciones que les ponía Anti, dedicaron sus vidas a hacer el bien a los más menesterosos, estaban sentados junto a la playa, vieron como unos pescadores que poseían numerosas familias, lanzaban las redes pero no sacaban nada.

Anti se divertía apartando los peces.

Exell miró a Tobías.

El sonrió, tomó entre sus manos la medalla con el rostro del Nazareno que le había dado su esposa Mariana antes de morir, el sol hizo bellos resplandores sobre el sagrado rostro, entonces las redes de los hambrientos pescadores se repletaron de peces.

Luego los lujosos yates se acercaban y les compraban toda la pesca.

Anti se enfureció, se formó un campo magnético del cual ellos intentaban salir pero no lograban moverse, las aguas del mar se convirtieron en panorámica pantalla, les mostró toda la maldad, los seres vivientes eran como un gigantesco plantío donde la semilla terminaba envenenada de odio, crueldad y vicio, las mujeres pariendo y botando sus vástagos a basureros o vendiéndolos a depredadores sexuales para comprar la droga maldita para ella y su pervertido conviviente, flora y fauna asfixiada por el oscuro manto del petróleo, los poderosos pisoteando con gran impunidad a los más débiles, los débiles convirtiéndose en homicidas para lograr vengarse, vieron como la madre naturaleza enloquecía de dolor, vomitando fuego, agua y convirtiendo su débil aliento en huracanados vientos, tratando de limpiar de ella toda la inmundicia que Anti arrojaba, pero de nada valían sus intentos, porque Anti volvía a dominarla para ensañarse con un nuevo y peor ultraje.

Como mujer maltratada por un pervertido, la madre tierra les pidió ayuda para ella y sus vástagos.

Exell y Tobías vieron y sintieron la aterrante angustia de hombres, mujeres, niños, animales y plantas, que inocentes de la maldad de Anti padecían el martirio porque realmente amaban a la madre tierra, se miraron angustiados.

Anti los tenía atrapados por la sensación de dolor y furia que sentían contra él y todas sus infamias, atrapó a Tobías y estaba seguro que Exell no lo abandonaría, entonces él se apoderaría de los dos.

Ella tomó con fuerza la mano de Tobías, la materia de Mariana campesina empezó a tragarse la energía de Exell, en ese instante ella pudo ver como los Exilon 9 se encontraban perdidos en la tierra, no sabían qué hacer ni a donde ir, se veían tan terrícolas por ende indefensos frente a la perversidad de Anti.

El se vanaglorió diciéndoles que faltaba muy poco para tenerlos bajo su absoluto dominio, no solo a ellos, sino también a todos los demás.

Esto enfureció y llenó de profundo dolor a Exell, miró al infinito clamando por la ayuda, sintió los bellos sonidos que hacen los delfines.

Anti dijo sentencioso: – Apártense o los convertiré en tiburones y serpientes.

La medalla de Tobías refulgió, los delfines rozados, dorados, plateados y grisáceos rompieron el magnético campo.

Anti se paró sobre la cúspide de una gigantesca ola disponiéndose a destruirlos, sino eran para él tampoco serían para la Mente Universal Dios.

Las aves multicolores formaron un escuadrón, mientras delfines y más peces hacían cúmulos de luz.

La moribunda madre tierra hizo acopio de su ya casi agotada fuerza, llamo a su hijo el viento y a su esposo el sol, formó una vaporosa cortina, la abrió para que todos los seres mágicos que aún se encontraban en estado virginal fluyeran y donaran su purísima energía.

Exell y Tobías fueron llevados hasta la cúspide de la más alta montaña, pudieron escuchar las voces del Sagrado Universo apaciguando sus energías.

Lentamente Exell le entregó a la madre tierra el terrícola traje de Mariana campesina.

Tobías la miró con infinito amor y dijo: – Todo este tiempo viviendo junto a ti y no fui capaz de adivinar que eras tú, sabía que eras un ser puro y único, pero ¡oh! Mi Dios.

Ella lo envolvió con su energía, los seres de luz colocaron frente a ellos el espejo.

Tobías quedó embelesado frente al pequeñito que extendía sus brazos hacia él.

Los bondadosos Jueces le dijeron: – Es tu hijo.

Anti lanzó sobre la faz de la tierra su vómito de virus, formando el invierno negro, toda materia empezó a morir y con ella toda maldad, la ambición descansó, el multicolor del bello planeta azul cobró un color gris mustio agrietándose por doquier, Anti resollaba cual satisfecha bestia tratando de arrebatarle a la madre tierra su último aliento de vida.

El perverso Juez que había escrito la Ya Leída Historia de Tobías, recordó quien era en realidad, en ese instante el estaba abandonando el viejo y maltrecho cuerpo, viendo la oportunidad de escapar del trágico final de su escrita historia; gritó desesperado: – Anti termina de una buena vez, no permitas que crucen los otros espejos, caso contrarió habrás perdido para siempre a Exell y yo quedaría atrapado en esta energía que tanto detesto y sin poder recordar jamás quien soy en realidad.

Anti respondió sarcástico: – Del planeta tierra no quedará ninguna historia,   ni siquiera la mía,   no sé por qué tú te preocupas de las insulserias que solías escribir en contra de algunos Terrícolas.

En tono suplicante respondió: – Yo fui uno de tus preferidos, mis historias te divertían.

Anti clavó sus fríos ojos azules sobre él preguntando: – ¿Qué es lo que más detestas cuando habitas en la réplica del cuerpo de Tobías?

La crueldad contra todo ser viviente.

Sin dejar de mirarlo ordenó: – Regresa de inmediato a tu viejo cuerpo, yo disfrutaré por siempre y para siempre viendo tu tormento, porque mi crueldad frente a ti no tendrá fin y no puedes imaginar lo tétrico que puede ser no tener fin.

El perverso Juez trató de defenderse pero fue tarde, ya dentro del cuerpo pretendió quedarse como Juez,   pero la bondad del personaje de su ya escrita historia devoró toda su maldad, convirtiéndolo en un adorable y sabio anciano que logró comprobar la inocencia de su hija Dayana y juntos ayudaron a las víctimas del invierno negro, mientras esto sucedía en la tierra Exell y Tobías con su bebito en brazos cruzaron todos los espejos, reuniéndose con los seres de luz junto a la Sagrada Fuente de la Mente Universal Dios, entonces él les permitió ver lo que Anti estaba haciendo con el planeta tierra y con su bendición se transformaron en aros y rayos de luz descendiendo muy de prisa, invitando al sol y la luna terrícola, al viento y a la brisa, estos llevaron consigo a sus hijos, los ninfos, las ninfas, las hadas y duendes, siendo Exell y Tobías los guías.

Los ninfos se introducían por las vías respiratorias de los seres vivientes de la tierra.

Anti se convirtió en una bestia de siete cabezas con formas tan horripilantes que los seres vivientes que aún quedaban, cuando lo veían, morían de terror.

El sol y la luna se estremecieron.

Exell y Tobías sabían que si ellos se atemorizaban y se eclipsaban, todo y todos quedarían en manos de Anti.

Exell pidió que todos tomaran su forma original en Epsilón 9 y demás, para que el viento lograra hacer que las nubes chocaran entre sí, surgiendo una gran tormenta y esta traería un caudaloso aguacero que lavaría la faz de la tierra.

La indescriptible belleza de Exell y demás seres Ultra terrenales hizo que el sol brillara en todo su esplendor, mientras la luna reflejaba su plateado cuerpo en cada gota de agua que caía a la tierra como blanquísimo copo de nieve, congelando los malévolos virus y convirtiéndolos en sabia y nutrientes, que ninfas, hadas, ninfos y duendes colocaban presurosos en las arterias de la madre tierra.

Anti más que furioso estaba asustado y los seres vivientes descubrían que su única arma era el gran poder de infundirles temor y si lo perdían, sabían su triste verdad y comprenderían la grandeza del Sagrado Universo, se agazapó en el fondo del mar y estaba cavilando de qué forma lograría destruir en forma rápida el Jardín de la Mente Universal Dios.

Pero la madre tierra hizo que el mar lo arrojara a la cima de la más alta montaña, entonces vio que los seres vivientes habían perdido el temor y recobraban su inocencia, se quedó muy solo y abatido.

Los seres vivientes de la tierra junto con Exell, Tobías y demás seres de luz hicieron del planeta tierra su hogar.

Todos vieron que Anti era un ser de infinita belleza pero que cada vez que lo miraban cubría su rostro con las desgastadas alas, más como solo recibía amor, en un momento gritó: – Padre, me quedaré en la cima de esta montaña hasta que mi mente me diga que ya puedo perdonarme toda la maldad que contra tu Divina Creación vertí.

La Mente Universal Dios le respondió: – Cuando te hayas perdonado regresa, que mi amor por ti está intacto, ven hijo mío que te tengo nuevas alas.

El cielo, la tierra y el maravilloso Universo se juntaron, entonces todo quedó sumergido en una maravillosa fiesta de AMOR, PAZ Y LIBERTAD, danzando entre los más maravillosos e indescriptibles colores estaban EXELL y TOBIAS, mientras los NIÑOS nacidos del mestizaje jugaban en el bello jardín junto a la MENTE UNIVERSAL DIOS.

INDICE